6

吧★魔王大人

和

Kadokawa Fantastic Novels

打工吧！魔王大人們 -a long time ago-

從職場打來的電話總是帶有獨特的緊張感，而且奇妙的是，通常很難對電話的內容產生好的預感。

如果是在風和日麗的假日下午打來的，那就更不用說了。

已經完全感覺不到夏日氣息的涼風，吹過屋齡六十年的木造公寓Villa・Rosa笹塚的二〇一號室，真奧貞夫有些緊張地按下新手機的通話鍵。

「喂，我是真奧。辛苦了。」

接著從電話的另一端，也傳來了語氣略帶僵硬的回答聲。

在真奧接起電話的同時，身兼他的同居人與「忠臣」的青年蘆屋四郎，用遙控器調低電視的音量。

真奧僅以眼神向蘆屋道謝後便將精神集中到電話上，看來他的不祥預感似乎應驗了。

「是、是……咦？流感嗎？」

根據真奧位於東京都澀谷區幡之谷的打工處——麥丹勞幡之谷站前店的店長木崎真弓打來的電話，今天似乎有人無法來上班。

『雖然對最近因為新人實習而連日上班的你不好意思，但你今晚方便過來代班嗎？』

自從必須負責最近剛來店裡、對真奧而言在各種意義上都是特別存在的某位新人的實習後，真奧便累積了前所未有的龐大壓力。

坦白講他很想利用難得的假日好好放鬆休息，但真奧還是揮掉短暫在內心裡浮現的邪念，從房間角落的櫃子拿出這個月的排班表確認。

「……不，如果明明今天休息，那最晚還是從四點半開始上班會比較好吧？不然沒辦法輪班休息，木崎小姐也要連續工作到晚餐時段……是、是，我四點會過去。不，既然是流感就沒辦法了。是。那就四點，是，辛苦了，好的。」

真奧在告知對方會比原本拜託的時間點還要早去上班後，就掛斷電話。

「您要去上班嗎？」

「好像有人得流感請假。這下麻煩了。」

真奧苦笑地點頭回答蘆屋的問題。

「不過你看。」

真奧將排班表遞給蘆屋看。

「今天惠美難得不在呢。」

「嗯……」

露出爽朗笑容的「主人」，讓蘆屋感到五味雜陳。

艾米莉亞・尤斯提納。在日本的名字是遊佐惠美。

她對真奧和蘆屋而言，是絕對無法相容的「宿敵」。

不過在歷經了許多的波折後，惠美現在成了真奧的「後輩」，是和他在同一間店裡工作的「夥伴」。

負責幫宿敵進行新人實習的真奧，雖然有生以來第一次說出「不想上班」的喪氣話，但幸好惠美今天並沒有上班。

不過排班表裡本來就沒有惠美的名字，畢竟惠美目前正在參加一場某種意義上，甚至可能左右世界局勢的重大家族會議，即使去上班應該也無法好好工作……

「好不容易能像以前那樣工作，四點時我會出門一下。」

「我知道了。那麼我會在您上班前準備一些簡單的食物，請問您晚餐打算如何處置？」

蘆屋抬頭看向時鐘，配合變更的預定，在腦中修改今天的菜單。

「晚餐我會回來吃。因為好像只有到晚餐的尖峰時段為止缺人手，打烊前那段時間並不缺人。」

真奧說完後，便起身將假日用的皺巴巴T恤，換成比較沒那麼皺的出門用網球衫，將心情切換為上班模式。

等時鐘指向下午四點時，真奧瀟灑地走出公寓，跨上他停在後院的愛車，自行車杜拉罕二號。

「出發了，杜拉罕二號！我們要去解除店裡的危機！」

蘆屋從背後對英勇地按響車鈴、準備騎上笹塚街道的真奧喊道：

「魔王大人！路上小心！」

目送在馬路對面舉手回應、立刻就看不見身影的真奧離開後，準備返回房間的蘆屋，因為發現有道熟悉的人影從真奧離開的方向朝這裡走過來而停下腳步。

蘆屋走下公寓的公共樓梯，確認郵筒順便迎接那位人物。

「妳好，佐佐木小姐。」

「你好，蘆屋先生。」

佐佐木千穗，目前就讀高中的她，是真奧打工處的後輩，同時也是少數知道真奧、蘆屋和惠美真面目的日本人。

此外即使得知他們的真面目，她仍對真奧抱持好感，並摸索著能和自己認識的所有人融洽相處的未來，因此這位少女可說是連結這棟公寓所有住戶的關鍵。

千穗提著一個她常用的手提包。裡面裝的應該是她為了真奧以及聚集在二〇一號室的成員們，用心親手製作的料理。

「其實魔王大人剛才……」

「啊，他已經去幫忙代班了嗎？」

千穗先一步說道。

「我在學校有收到木崎小姐說大木小姐今天請假、問我能不能代班的簡訊，但在我回覆前，馬上就又收到一封告訴我已經找到人幫忙的簡訊，那時候我就想可能是這樣。」

「原來如此。那位大木小姐似乎是得了流感。」

「流感嗎？現在好像開始流行了。」

千穗以略微嚴肅的表情，抬頭看向身材修長的蘆屋。

「蘆屋先生也要小心一點喔。畢竟之前才剛發生那麼嚴重的事情，要是蘆屋先生倒下，真奧哥和漆原先生一定也無法倖免。」

「哈哈哈，話不能這麼說。我好歹也是惡魔大元帥。要是因為這點程度的事就身體衰弱，如何為人表率。不過，還是謝謝妳的關心。」

蘆屋露出平靜的微笑點頭。

千穗知道與人類大相逕庭的蘆屋和真奧的真面目。

也知道真奧等人以前做過什麼。

她是在理解一切的情況下，關心這位曾以武力支配一塊大陸的惡魔大元帥的身體。

像這樣不經意地回顧自然接受這份關心的自己，以及自己目前置身的環境時，蘆屋偶爾會覺得好笑。

在那個時候，到底有誰想像過這樣的未來？

不可思議地，蘆屋回想起非常遙遠的往事。

那是比做為魔王撒旦的真奧侵略異世界安特·伊蘇拉，和從人類中竄起的勇者艾米莉亞戰鬥時，還要更加久遠的過去。

「蘆屋先生？」

「……啊，不好意思。怎麼了嗎？」

蘆屋似乎有點心不在焉。這樣也難怪千穗會替他擔心。

這幾個星期不只真奧，蘆屋身邊也發生了劇烈的變化。

蘆屋在心裡想著自己果然還沒從疲勞中恢復，同時看向千穗遞過來的東西。

「這是包紫蘇的煎蛋，不介意的話還請收下。我這次努力從高湯開始做起！」

她遞過來的是一個大保鮮盒。

千穗非常敬佩蘆屋做家事的手腕和技術。再加上對真奧的心意使然，她經常像這樣帶各種料理過來。

不過今天她的手提包裡似乎裝了不只一個保鮮盒。

「我也想分一些給鈴乃小姐和諾爾德先生。」

鎌月鈴乃——克莉絲提亞・貝爾就住在真奧和蘆屋房間隔壁的二〇二號室，至於諾爾德・尤斯提納則是暫住在二〇一號室。

雖然過去在安特・伊蘇拉被侵略時，兩人都是和真奧與蘆屋敵對的人類，但因為一些原因，他們目前是住在同一間公寓的鄰居。

「這樣啊……不過……」

蘆屋有些困擾似的回頭望向公寓。

「很不巧地，他們兩人都出門了。去永福町……」

諾爾德是剛才提到的惠美的父親，每當諾爾德外出時，鈴乃都會以護衛的身分陪同。

從真奧等人居住的笹塚到永福町，搭電車只要十五分鐘。惠美住的公寓就在那裡，且那棟公寓現在應該正陷入一場激烈的風暴。

「呃，原來如此。永福町，是遊佐小姐住的地方吧？」

就連千穗也為這尷尬的狀況顯得有些手足無措。

保鮮盒的尺寸並不小，就這樣帶回家也滿費工夫的。

「難得妳人都來了，不如去魔王城等一下怎麼樣？貝爾和諾爾德・尤斯提納上午就出門了，或許就快回來了也不一定。」

「不好意思，謝謝你的好意。」

千穗苦笑地遵從蘆屋的建議，走上二〇一號室。

「不過，這樣不會打擾到你嗎？」

「怎麼會呢。漆原不在時，家事和工作都進展順利。我上午就打掃完房間洗好衣服了。」

「這、這樣啊。」

惡魔大元帥路西菲爾——漆原半藏也和真奧與蘆屋一樣，是住在這個房間的惡魔，但現在正因為某些原因住院。

只要會亂用主人真奧的信用卡買東西、明明沒工作卻還只顧著玩遊戲和電腦的漆原不在，身為二〇一號室主夫的蘆屋就可以不必對漆原說教，將省下來的精力用在其他地方。

「保鮮盒我馬上就洗好還妳。喔，看起來很好吃呢。」

蘆屋將千穗送來的料理移到盤子上用保鮮膜包住後，立刻將空的保鮮盒拿到水槽清洗。

看著蘆屋的背影，千穗突然發現熟悉的房間內有個陌生的東西。壁櫥前面，放了一大塊摺疊好的布料。

「蘆屋先生，那是……」

「嗯？啊，那是魔王大人的披風。」

回頭看向千穗指的方向後，蘆屋若無其事地回答，千穗興奮地問道：

「真奧哥的？該不會是他當惡魔那時穿的？」

「沒錯。雖然夏天前我有把它跟防蟲劑一起收好，但一個月還是像這樣拿出來通風陰乾一次比較好。畢竟有很多地方都使用了貴重的素材。」

「喔！」

千穗靠近披風，仔細端詳。

雖然因為被摺得很漂亮而不太敢碰，但外表一看就知道的確是使用了非常優質的素材。

那些素材想必也不是絲絹或皮革等千穗已知的素材，不過即使如此，如果讓恢復魔王型態的魁梧真奧披上那件披風，看起來的確是會充滿惡魔之王的威嚴。

當然只要一想到那些曾被那位魔王侵略的安特．伊蘇拉的人類們——特別是現在已經變成無可取代好友的惠美和鈴乃，她就無法乾脆地說出「這很帥氣」。

不過因為對千穗而言，真奧、蘆屋和漆原現在的樣子才是常態，所以無論如何都會對和他們過去有關的東西產生興趣。

「不介意的話，要不要拿去看看？」

發現千穗狀況的蘆屋，擦乾手拿起披風。

「可、可以嗎？」

千穗眼睛一亮地凝視蘆屋攤開的披風。

「好、好大……」

畢竟是配合魔王撒旦的身材設計的披風，攤開後更顯巨大。

幾乎占據半個三坪大房間的披風，在肩膀部分有個由不明金屬製成的肩甲，從看似徽章的裝飾到固定用的配件，全都打造得非常精緻。

「魔王軍……啊。」

千穗的思緒短暫飄向真奧與這件披風共度的人生，然後看向旁邊的蘆屋問道：

「請問魔界……是個什麼樣的地方？」

「妳的意思是？」

「真奧哥是『魔王』吧。不過，他好像不是王族出身。」

「沒錯。」

「既然如此……呃，該怎麼問才好。」

千穗稍微抱胸煩惱了一下。

「那個，雖然我知道遊佐小姐他們和人類，曾經在安特．伊蘇拉與魔王軍展開戰爭，但追根究柢，真奧哥究竟是怎麼當上『魔王』的呢……」

「喔，原來如此。妳是指這件事啊。」

「那個，雖然我一直覺得不該追問以前的事情。」

「不，沒關係。其實也沒什麼好隱瞞的。就算是我，也不清楚魔王大人的年幼時期，或是

和那位天使相遇時的事情，但如果是關於魔王軍創立的經過，我倒是有辦法說明。」

「可、可以告訴我嗎？」

相對於激動的千穗，蘆屋冷靜地回答：

「嗯。如果『對象是佐佐木小姐』，魔王大人應該也不會拒絕吧。」

「……啊。」

千穗敏感地察覺蘆屋的叮嚀。

「好的……那個，我答應你。不會將從蘆屋先生這裡聽到的事情用在『不好的地方』。」

因為對象是千穗，所以才願意說。

相對地，千穗也不能將這些事洩漏給惠美和鈴乃知道，或是利用這些事拉攏那兩個人。

就算反過來從惠美等人那裡聽說了什麼重要的事情，千穗也不會利用那些資訊來拉攏真奧他們。

這是介於人類與惡魔之間，努力想成為連結雙方橋梁的千穗，替自己設下的底線。

蘆屋也很清楚，只要事先提醒過，千穗就絕對不會違反約定。

「不好意思，說出這種好像在試探妳的話。魔王大人最近也變得莫名緊張。就連今天的代班，也是因為艾米莉亞不在才答應。」

「是嗎……這樣啊。」

千穗露出有些複雜的表情。

千穗非常珍惜真奧和惠美。她希望這個兩人，以及兩人周圍的所有人，都能一直融洽地在一起。

儘管蘆屋本人並不贊成，但也認為千穗的夢想該如何實現，應該由千穗自己決定。

「這個嘛，該從哪裡開始講起呢。啊，因為可能會講得有點久，我先來泡個茶好了。」

「啊，不好意思。」

蘆屋起身將水倒進煮水壺裡，移到火爐上加熱。差不多已經到了比起冰涼的麥茶，熱茶感覺更好喝的季節。

煮水的這段時間，蘆屋站在廚房開始說道：

「在佐佐木小姐知道的魔王軍四天王，也就是惡魔大元帥當中，我是第三個成為魔王大人的部下。」

「是、是這樣嗎？我還以為你是最早的一位……」

千穗驚訝地睜大眼睛說道。

只要看過蘆屋平常對真奧忠心耿耿的模樣，任誰都會以為他們是從當初草創之際就開始一同行動。

「雖然我的確算是創始成員之一，但最早跟隨魔王大人的，並不是我、漆原、亞多拉瑪雷克或馬納果達當中的任何一個。」

「咦？」

「佐佐木小姐也認識那個人。除了我們以外，還有一位擁有大惡魔稱號的男子曾經來過日本。」

說到這裡，蘆屋揮舞雙手，做出拍動翅膀的動作。

千穗見狀，便因為想起某個存在而倒抽一口氣。

「這麼說來……我的確曾經從本人那裡聽說過……本人？不對，應該說是本鳥？」

就在千穗困惑不已時，煮水壺開始冒出熱氣。

「沒錯，雖然現在被稱做『惡魔大尚書』。」

蘆屋將煮水壺從火源上移開放在一旁，轉而準備茶壺和茶葉。

「魔鳥將軍卡米歐。在真正的意義上，他才是最初的魔王軍四天王，也是最初的惡魔大元帥。」

※

在被紅色的天空、黑色的雲朵，以及紅色的大地包圍的魔界北境，響起兩道怒罵聲。

宛如原有的山地直接瓦解般，廣大的荒野上散布著無數巨大的岩石。在通稱「巨岩荒野」的角落，有個只能勉強被稱為聚落，由岩石打造的民宅緊鄰而成的村落。

其中一棟難以判斷是瓦礫還是建築物的小屋裡，不斷傳出老人和小孩爭吵的聲音。

「所以就說那樣太亂來了！」

「囉嗦！不試試看怎麼知道！」

「這種事情根本不用想也知道！像你這種小鬼即使過去，也只會連他的羽毛都沒機會看見，就被遠遠射死了！」

「或許他意外地是個能溝通的傢伙也不一定啊！」

「說到他有多凶暴，可是連全盛時期的在下都無法應付！最好是這樣的人有辦法溝通！」

「誰管你的全盛時期怎樣啊！不然你說還能怎麼辦！」

「所以接下來才要想啊！你這臭小鬼聽不懂人話嗎！」

在充滿血與憎恨臭味的喧囂風中，響起老人和少年激烈的爭吵聲。

「別叫人臭小鬼啦，你這臭老頭！」

「你這小鬼，居然敢叫在下臭老頭！」

「啊嘎嘎嘎好痛苦、好痛苦！」

被臭小鬼的粗魯言論激怒的臭老頭，勒緊臭小鬼纖細的脖子。

「我錯了！是我不好，放開我啦！」

「哼！在下完全看不出你有反省或尊敬長者的意思！還是乾脆就這樣掐死你好了呢？」

「對不起！我就說對不起了！是我不好！我會好好聽你說話！嗚啊！」

或許是發現臭老頭是認真的，臭小鬼開始認真道歉，臭老頭像是丟垃圾般的將臭小鬼扔到地上。

「咳……咳……別、別真的勒別人的脖子啦……卡米歐。」

在陰暗的小屋中，背部被沙塵弄髒的少年惡魔，淚眼盈眶地仰望剛才勒自己脖子的惡魔。

手腳是人類、頭部是鳥、背上長著翅膀、全身被漆黑的羽毛包覆、名叫卡米歐的老惡魔，以雖然衰老但仍不失銳利的眼神和鳥嘴啐道：

「連敵人和自己的實力差距都看不出來，還想對在下口出狂言，你還早了五百年呢！聽好了，撒旦！」

卡米歐清了一下嗓子後，嚴厲地俯瞰從地上起身的少年惡魔。

然而擁有長了兩根角和嬌小翅膀的纖細身軀與羊蹄下半身、名叫撒旦的少年惡魔，即使因為卡米歐的魔力和魄力淚眼盈眶，仍毫不畏懼地從正面瞪了回去。

「連在下都贏不了的你想打倒那個暴徒，更是還早了一千年！在思考那種蠢事之前，還是先想想該如何以現實的方式擴大勢力！」

「唔！」

撒旦又咳了幾下調整呼吸後，再次轉向卡米歐，以和被勒住脖子前一樣激動的語氣反駁：

「卡米歐才應該仔細聽清楚我的話！誰說要打倒那傢伙了！我是說要把他招攬到我們這邊來！」

「你這個蠢蛋還聽不懂嗎？唉，居然會有點看好這個笨小鬼的力量，難道在下也開始老人痴呆了嗎？」

「老人痴呆也無所謂，總之聽我說啦！還有別叫人笨小鬼啦，你這鳥頭（註：在日文中，鳥頭也有罵人健忘之意）！」

撒旦再度對開始感嘆的卡米歐吐出輕率的一句話。

「不可原諒，你這個臭小鬼！」

「囉嗦！什麼魔鳥將軍啊，你這鳥頭、石頭腦袋、臭老頭！」

於是撒旦與再次動怒的卡米歐展開激烈的爭鬥。

「混帳！放開我，臭老頭！別抓我的尾巴！」

「不，就只有這次，在下不能聽你的話！聽好了，撒旦！」

卡米歐嘆了口氣後，正面瞪向被他拎起來的少年惡魔的臉。

「別把那個路西菲爾和其他的流浪惡魔相提並論！他可是能夠一個人擊潰那個曾經消滅你

所有族人的獨眼刻印鬼集團，而自己毫髮無傷的強者！」

「這些話我已經聽好幾遍了！」

「那為什麼你還是不懂！那個路西菲爾，可是能夠毀滅比你所屬的黑羊族還要大十倍勢力的惡魔！你以為你一個人有辦法應付那樣的對手嗎？」

「所以我就說了！」

被抓住尾巴拎起來的撒旦掙扎地揮動手腳。

「我又不是去找他決勝負！」

「你還聽不懂嗎？在下的意思是光跟他接觸就是一件危險的事情！」

兩人的爭吵與打鬥，就這樣毫無交集地回到一開始。

那個惡魔曾經被稱做魔鳥將軍。

帕哈洛·戴尼諾族的族長卡米歐，擁有黑色的翅膀和銳利的鳥喙，以及被與翅膀同色的羽毛覆蓋的肉體，他精通各種魔法，並且能夠使用名為概念收發（idea-link）的魔法理解所有惡魔的語言，此外似乎還是位知名的劍術高手。

之所以說是「似乎」，是因為告訴撒旦這些事情的就是卡米歐本人，所以無法確定究竟哪些是真的。

基本上帕哈洛．戴尼諾族身為惡魔的力量，扣掉飛行能力後就沒什麼值得注目的地方，而且他們還擁有一旦失去大量魔力，肉體就會極度縮小的特性。

當然縮小本身是有他的意義存在，透過讓身體縮小，無論是要逃離敵人還是隱匿行蹤都較為有利。

雖說是先天就有的能力，但不可否認地，以在充滿各種魑魅魍魎的魔界生存的戰略而言，這種能力在性質上算是頗為消極。

在一開始遇見撒旦時，卡米歐的年紀就已經很大了。

帕哈洛．戴尼諾族個體上的弱小，也直接反映在種族的弱小上，全體只有兩千名左右的人數。

而實力足以被稱作戰士的，更是只有約四分之一的五百人。

由於當中最強的仍是老兵卡米歐，因此帕哈洛．戴尼諾族的未來也可想而知。

即使如此，卡米歐仍是撒旦孤身在魔界流浪時，第一個遇見的「能溝通的惡魔」。

從卡米歐那裡聽來的事情，很多都和「那名女子」告訴撒旦的一樣，而「那名女子」偶爾也會提到卡米歐的名字。

卡米歐也對擁有與弱小部族的少年惡魔不符的知識與智慧的撒旦有很高的評價，自兩人相

遇以來已經過了十年。

「呼……呼……聽好了，臭小鬼……」

「呼……呼……什、什麼事，臭老頭……」

精疲力竭地倒在地上的兩人，氣喘吁吁地互瞪。

「在下能理解你『想改變魔界現狀』的想法。不過現在的你還沒有那個器量。千里之行，始於足下。你就不能乖乖地聽在下的勸，先努力擴大勢力和累積實力嗎？」

「就算你這麼說！」

撒旦吐了口血後說道：

「這附近的流浪惡魔大部分都已經被我們打倒了吧？而且每個傢伙的實力都和帕哈洛的年輕戰士差不多。接下來你要我去哪裡啊。難道還有其他能贏的對手嗎？」

「……」

卡米歐無法立刻回答撒旦的問題。

用不著撒旦提醒，卡米歐也知道帕哈洛．戴尼諾族衰退的原因之一，就在於周邊豪族的崛起。

卡米歐一出生，就是位強悍到足以稱得上是帕哈洛．戴尼諾族中的突變個體的惡魔。

過去的卡米歐甚至擁有足以單獨擊退整個敵對部族的力量，但近年來，周邊的部族也開始大量出現像卡米歐這種稱得上是突變個體的惡魔。

在卡米歐力量衰退的同時，周邊的豪族也開始展開侵略，導致帕哈洛．戴尼諾族的數量急速減少。

如撒旦所言，帕哈洛．戴尼諾族這幾年刻意挑戰那些被稱做「流浪惡魔」，不屬於任何部落獨自生活的惡魔，反復進行在不取對方性命的情況下獲勝，讓對方加入聚落充當護衛戰力的行動。

拜此之賜，聚落整體的戰力有稍微增加的傾向，但即使如此，至今仍未出現力量超越卡米歐的惡魔。

當然一旦出現那種惡魔，卡米歐的天下就會結束，弄不好甚至會威脅到他的性命，但現在聚集在卡米歐底下的，絕大部分都是只要少了他的力量，就無法抵禦周邊威脅的惡魔。

而撒旦當然也是因為有卡米歐的庇護，才得以存活的其中一位惡魔。

「要是為了狩獵流浪惡魔而跑太遠，就會被那些豪族發現遭到殲滅。不過在能夠安全活動的範圍內，也已經找不到對手了吧？」

撒旦說完後，將頭轉向某個方向。

「我們所在的『巨岩荒野』，正好位於西之蒼角和東之鐵嶮的勢力範圍邊界，也就是所謂的空地。而這裡之所以變成空地，也是因為大家都害怕那個你說贏不了的路西菲爾，所以才沒

人敢靠近吧？」

撒旦用手指在沙地上畫出簡略的周邊勢力圖。

卡米歐僅以視線追著撒旦的指尖，同時以撒旦聽不見的音量呻吟了一聲。

雖然卡米歐動輒便譴責撒旦思慮不周，但光是這位年幼的少年能自然使用魔界只有少數部族仍保存下來的文化──「文字」，就已經是件非比尋常的事情。

「我們比誰都清楚這裡之所以變成空地，並不是因為蒼角或鐵蠍害怕我們。若路西菲爾離開巨岩荒野的北邊……離開這個沙塵荒野到別的地方，我們就危險了吧？」

「……唔。」

卡米歐表情苦澀地點頭。

從帕哈洛．戴尼諾族的土地一直延伸到西方，都是蒼角族的根據地，他們的特徵是擁有肌肉結實的魁梧身體與深灰色的鬍鬚，是一個有著猛牛的頭部，以力量自豪的強大部族。

蒼角族的人口至少是帕哈洛．戴尼諾族的兩倍，而且與剛毅的外表相反，他們同時也是擅長使用精密魔法的戰士一族。

另一方面，鐵蠍族雖然個體的力量不如蒼角族，但如同族名所示，他們那宛如鎧甲般覆蓋全身的甲殼防禦力，和分岔成兩條的不祥尾巴的攻擊力也絕對不容小覷。

此外他們戰士的數量更是多到帕哈洛．戴尼諾族完全無法比擬的程度，毫無疑問是魔界北邊地區最大的豪族。

夾在兩大勢力之間苟且偷生的，則是像帕哈洛．戴尼諾族或撒旦出身的部族黑羊族等弱小部族，以及前面提到的那些被稱為「流浪惡魔」、不足以構成部族的惡魔們。

在一般情況下，弱小部族和流浪惡魔們都會避免刺激到像蒼角或鐵蠍那樣的豪族，勉強存活下去。

然而撒旦和卡米歐剛才爭吵的主因——流浪惡魔路西菲爾，卻擁有和一般流浪惡魔完全不同層次的強悍。

無論是蒼角族和鐵蠍族的領地，還是流浪惡魔和弱小部族的土地，路西菲爾都毫不在意地四處遊走，而隨心所欲地殘殺其他惡魔的他，已經被當成是一種自然災害。

從北邊地區的兩大豪族明明深受其害，卻未進行有效的反擊來看，就能知道路西菲爾的實力有多麼超乎常理。

不過撒旦卻想接觸這個正常來講，比蒼角族或鐵蠍族還要讓人不敢靠近的流浪惡魔。

「既然如此，就只能賭一把了，在路西菲爾離開這裡前邀他加入我們，這才是我們唯一的活路吧？像目前這樣低調地聚集流浪惡魔，不管過多久都無法和蒼角或鐵蠍抗衡。倒不如說……」

撒旦一面說明，一面將手指向寫著路西菲爾、蒼角和鐵蠍的地點。

「一旦蒼角、鐵蠍或路西菲爾當中任何一個覺得我們礙眼，我們馬上就會被消滅掉。還是說，卡米歐你想等帕哈洛族內出現像過去的你那樣強悍的傢伙出現？如果那傢伙是只想取代你的笨蛋，那到時候我們就完了。」

「……」

卡米歐這次明確地發出呻吟。

撒旦說的話合情合理，完全沒有反駁的餘地。

卡米歐非常清楚，利用條理分明的言論說服對方的能力，在這個魔界究竟多麼稀有。

而絕大部分的魔界居民，都還不了解這份稀有。

卡米歐是在一場大混亂中與撒旦相遇。

鐵蠍族的現任族長毫不隱藏自己對領土的野心，貪婪地對周邊部族進行侵略，這種打算根絕一切的作風，對魔界的惡魔而言可說是理所當然。

當時帕哈洛·戴尼諾族被鐵蠍族盯上，幾乎就要遭到殲滅。

而拯救差點被鐵蠍族擊潰的卡米歐戰士團的，正是撒旦。

發現鐵蠍族侵略行動的卡米歐，率領一族的戰士打算還以顏色，但來到這裡的鐵蠍戰士團數量卻遠遠超出卡米歐的預料。

沒料到對方會為了擊敗區區數百名帕哈洛．戴尼諾族的戰士，就派出多達四千名士兵，卡米歐陷入苦戰，在出現大量的犧牲者後，他們只能選擇撤退。

然而鐵蠍並未停止追擊，若繼續像這樣拚命逃跑，將會害一族的土地也慘遭鐵蠍殺戮的毒手。

認為萬事休矣的卡米歐等人，發現有道巨大的沙塵從我方逃跑的方向朝這裡接近。看來有個人數眾多的團體，正朝逃跑的卡米歐等人靠近。

追擊的鐵蠍族當然也有發現，但令卡米歐和鐵蠍的戰士們震驚的是，那道沙塵似乎是帕哈洛．戴尼諾族的援軍。

面對足以覆蓋天空的沙塵，誤以為是龐大軍隊靠近的鐵蠍戰士們雖然沒有逃跑，但也當場停止了追擊。

趁隙一口氣拉開距離逃脫的卡米歐，發現沙塵內其實只有約一百名帕哈洛．戴尼諾族的年輕小夥子，他們緊靠地面飛行，超出必要地用力拍打翅膀掀起地面的塵埃。

而率領他們的，是一名陌生的黑羊族少年惡魔。

「你就是卡米歐嗎？居然長期放著部族的土地不管。害我找了你好久。」

卡米歐永遠忘不了年幼的撒旦得意地說出這些話時的表情。

「怎麼樣？看起來很像一支大軍對吧？」

的確，就連卡米歐都一時產生錯覺，納悶起這麼多的族人至今都藏在哪裡。

可見就連卡米歐本人也深陷撒旦的戰略當中。

不對，應該說他長久以來都不認為存在會擬定戰略的惡魔比較正確。

「趁現在快逃吧。要是鐵蠍再派更多的軍隊過來，就真的沒救了。」

「不過在鬧得這麼大後，還有辦法逃脫嗎……」

「你在說什麼啊，老先生。」

少年惡魔瞧不起人似的對帕哈洛．戴尼諾族最強的戰士說道：

「鐵蠍族要找也會找『足以掀起漫天沙塵的惡魔大軍』。怎麼可能找到只有區區幾百名弱小惡魔這種『沒被放在眼裡』的集團。」

卡米歐和帕哈洛．戴尼諾族的戰士們，就這樣成功平安無事地從鐵蠍族精兵的手中逃離。

在那之後，儘管鐵蠍族仍會零星地發動攻擊，但他們每次都依靠撒旦的機智順利逃跑。

就卡米歐所知，在這個只會利用攻擊擊潰對手的魔界中，只有一個人曾想到利用智慧彌補力量的不足對抗敵人。

而卡米歐在這個壽命不到自己的幾十分之一，只要自己一揮劍就能輕易葬送的年幼惡魔身上，看見了那個人的影子。

就在卡米歐詢問撒旦為何會來到帕哈洛．戴尼諾族的土地時，撒旦若無其事地回答：

「因為我聽說你是個能溝通的人。」

撒旦接下來說的一句話，成了撼動卡米歐心情的關鍵。

「跟隨我吧，我會讓你見識魔界的新姿態。」

卡米歐一時無法回應。

而他好不容易才擠出的回答——

「……你要說這句話還早得很。就由在下來鍛鍊你吧。要是你不符合在下的期待，在下馬上就砍了你的頭。」

就只有這句不服輸的話。

實際上，撒旦雖然展現出連卡米歐都感到驚訝的知識與智慧，但運用這些的力量卻還有修練的餘地。

在接受卡米歐的修練後，撒旦在戰鬥力和魔法方面都展現出超越卡米歐當初期待的極大成長。

不過即使如此，他在力量方面還是不如卡米歐，更不用說路西菲爾了。

比誰都深刻體會到自己衰老的卡米歐，並沒有想過改變魔界這種大事，他只希望撒旦將來能代替自己，守護帕哈洛．戴尼諾族。

然而，撒旦現在打算大幅改變周邊的情勢。

破壞路西菲爾、蒼角與鐵蠍敵對的均衡。

他不可能不知道那是多麼亂來的事情。

卡米歐的意識短暫飛回和撒旦相遇的那一刻。他發現自己仍有點將昔日的印象重疊在眼前這位少年身上。

撒旦低頭看著勢力圖，分析周邊的情勢。

這些不容懷疑的分析闖入卡米歐的內心。

現在的撒旦和卡米歐，以及併吞周邊流浪惡魔的帕哈洛·戴尼諾族，已經被逼到三個互相對峙的勢力中間無路可逃。

以他們所處的位置，就算那三方勢力有什麼動靜，他們也無法依照自己的意志採取行動，且很可能因為一些契機就順勢被消滅。

當中最有可能破壞這個均衡的，就是撒旦打算接觸的最強流浪惡魔路西菲爾。

無論鐵蠍還是蒼角，都因為擁有龐大的軍隊而無法輕易行動，但路西菲爾是個隨興的流浪惡魔，或許明天就會離開這裡，也或許明天就會掀起不必要的風波。

如此一來，周邊的情勢就會一口氣產生變化，這塊被撒旦和卡米歐當成根據地的土地，瞬間就會化為蒼角和鐵蠍全面衝突的戰場。

惡魔強族間的戰爭，只有單純的全滅或被全滅兩種選項。

直到其中一方將另一方殲滅為止，戰爭都不會結束。

戰爭愈到後期，戰況就會愈趨激烈，而其中一方遲早會全滅。

戰士全滅的部族，就會像黑羊族那樣瞬間滅絕。

特別是蒼角和鐵蠍，都以對其他部族施加猛烈的攻擊著名，一旦開戰，或許戰爭將持續到北邊地區的所有其他種族都滅亡才會結束。

惡魔間的戰爭只認同打倒眼前的敵人，根本就沒有所謂「戰略性的撤退」或「最小限度的犧牲」之類的想法。

就只是揮舞暴力，消滅對手。

就只是奪取對手的性命，以及消滅和自己外表不同的對象。

最後能活著站在這塊土地的就是勝利者。

就連自認擅長智略的卡米歐，也不認為遇見撒旦前的行動是「撤退」，只認為那是珍惜性命的「逃亡」。

那當中並未包含任何有效的策略，就只是一心想逃離敵人的獠牙而已。

「在下懂你想說什麼，不過撒旦。」

卡米歐壓低音量說道。

「無論是你和在下的關係，還是那些被你說服的下等流浪惡魔和帕哈洛·戴尼諾族共同生活的事實，都是堪稱奇蹟的狀況。而且前提還是因為有在下的力量，要是有人的力量稍微凌駕在下，那就算跟你說的一樣，出現打算將我們拉下臺的人也不足為奇。即使奇蹟接連發生，那個路西菲爾被你說服，也難保我們事後不會被他背叛。」

「……」

「在下不會害你。現在還是養精蓄銳的時候。你的力量還有成長空間，就算不如路西菲爾，或許仍能鍛鍊到與在下一戰的程度。在那之前，多餘的好奇心只會引來災厄。」

也不曉得有沒有在聽卡米歐說話，撒旦皺起眉頭緊盯著地圖。

從他一臉嚴肅來看，應該是理解了卡米歐有條有理的分析。

不對，不可能這樣。

卡米歐將自己身為惡魔的理性發揮到極限，不過撒旦仍像是完全沒將卡米歐的分析聽進耳裡般說道：

「喂，雖然你一直說很強很強，但路西菲爾實際上到底有多強？」

「……你這臭小鬼，根本沒仔細聽在下說話……！」

「等一下！我只是問問看而已！我知道啦，我也不覺得那傢伙是有辦法正面應付的對手！只是就算說他比全盛時期的卡米歐強，我也完全沒概念。實際上他究竟能做到什麼程度？」

「你真的懂了吧？」

卡米歐以懷疑的眼神瞪向撒旦，同時回想自己知道的關於流浪惡魔路西菲爾的所有情報。

「……印象中他擅長使用高濃度的魔力熱線。」

「熱線？」

「沒錯。能夠貫穿岩石和魔力障壁的神速熱線。而且那甚至能輕易貫穿據說無論用什麼招式，都無法粉碎的鐵蠍戰士的身體。」

「喔，那些硬得要死的傢伙啊。」

「在下曾經見過他一次，並驚訝他居然能用那種翅膀飛得這麼快。」

「用翅膀在空中飛的傢伙啊……有這麼快嗎？」

「嗯。他的外表看起來明明不適合飛翔，空戰技術卻比肉體專精於飛翔的在下還要巧妙。由於空戰時，他的熱線威力會下降，因此恐怕是擁有能利用魔力強化推進力的方法。」

「將魔力化為推進力？那是什麼意思？」

「雖然不曉得詳情，但那速度絕對不是來自翅膀。否則像那種容易受到空氣阻力影響的身體，根本不可能產生那種速度。」

「喔。用魔力飛行啊……我從來沒想過呢。」

說著說著，撒旦試著拍動像是黏在自己背上的嬌小翅膀。

雖然黑羊族也有翅膀，但只有少數族人有能力飛翔。

「他的格鬥能力也很強。在下必須用劍才能勉強與他一戰，若雙方都不使用武器，在下應該會輸吧。不可思議的是，他的身材怎麼看都不像是大惡魔。」

「喔。他很嬌小啊。因為連蒼角族和鐵蠍族都怕他，我還以為他長得很高大呢。」

「就跟現在的你差不多。」

「喔，那他外表長得怎麼樣？」

原本滔滔不絕地回答撒旦問題的卡米歐，瞬間猶豫了一下。

「……嗯，關於這點。」

「嗯？」

「……在下只知道一個惡魔，擁有和路西菲爾相同的外表。」

「嗯？那是什麼意思？」

「意思是他的外表和魔界的所有惡魔都不同。進一步而言，就在下所知，只有一個人擁有和他相同的外表，而且那個人很久以前就死了。」

「死掉的傢伙隨便怎樣都好啦。我是在問你路西菲爾長什麼樣子。」

「……撒旦啊。」

「啊？」

「你知道人類這個種族嗎？」

卡米歐沒有漏看撒旦在這個瞬間，像是被人突襲般倒抽了一口氣。

「你知道嗎？」

「…………不知道，然後呢？」

撒旦無力地否定，卡米歐當然不可能無法看穿這種謊言。

撒旦知道「人類」。

雖然卡米歐經常納悶這個弱小部族出身的年幼惡魔，究竟是從哪裡獲得這麼多的知識，但這次就連他也久違地感到驚訝。

「……路西菲爾啊。」

「嗯。」

「外表就像是『人類』這個種族，長著和在下一樣的翅膀。」

「…………喔。」

就在這個瞬間，撒旦的眼裡閃耀出知性的光芒。

「喂，卡米歐。那個叫路西菲爾的傢伙，強到就算全盛時期的你正面應戰，也贏不了的程度吧。」

「嗯。在下剛才不是已經說過好幾次了。」

「那為什麼你現在還活著。」

「那是……什麼意思？」

原本打算回答的卡米歐，突然停止思考。

「按照你的說法，那傢伙明明比一般的鐵蠍或蒼角還要難纏，為什麼打輸他的你到現在還活著。」

「嗯……想必是因為在下的力量，超出他的預期吧。」

「不過你輸了吧。」

「嗯……」

雖然卡米歐原本打算隨便蒙混過去，不過撒旦毫不留情的粉碎他的自尊。

「而且為什麼路西菲爾明明這麼強，卻還拖拖拉拉的到現在呢？」

「拖拖拉拉的……」

「明明擁有能獨自殲滅獨眼刻印鬼的實力，為什麼不認真挑戰蒼角和鐵蠍？雖然那傢伙附近的流浪惡魔似乎都被他殺掉了，但既然能飛，就表示他的活動範圍相當廣闊吧？如果他是那種恣意妄為的普通惡魔，這一帶不可能還這麼平靜。應該會引發更多混亂才對。」

「嗯、嗯……是這樣沒錯……但原因只有路西菲爾本人知道……」

「那就只能去問他了。」

「……嗯……嗯？等等，小鬼！你怎麼又說這種話……」

「又叫我等！你剛才有在聽我說話嗎？就我看來，路西菲爾不是普通的惡魔。我有個『主意』。」

「你說什麼？」

「路西菲爾和蒼角、鐵蠍以及我們不同，不會因為對領土的野心行動。路西菲爾是基於其他的理由行動。只要針對這點……」

撒旦露出無畏的笑容說道：

「或許他會是比這附近的流浪惡魔還要容易駕馭的對象喔？」

到底要怎麼想才會認為路西菲爾容易駕馭呢，撒旦的話完全超越卡米歐的理解。

卡米歐在那之後花了整整一天說服撒旦打消和路西菲爾接觸的念頭，然而——

「……那個臭小鬼啊！在下都那樣勸他了！」

無論隔天醒來後的卡米歐再怎麼找，都無法在帕哈洛．戴尼諾族的住處找到撒旦的身影。

「喂！那個小鬼跑哪兒去了……」

卡米歐抓了一個附近的帕哈洛．戴尼諾族的年輕人問道。

「…………什麼？」

從年輕人嘴裡說出的話，完全出乎卡米歐的預料。

※

「我覺得應該快到了。」

撒旦在一個小山丘上環視周圍。

從帕哈洛．戴尼諾族的住處跑了一晚後，撒旦確信自己已經進入路西菲爾的勢力範圍。

雖然地面並沒有陣地的界線，但周圍的氣氛明顯不同。

大氣的味道、氣溫與氣息，雖然每種都是曖昧的要素，但全集合起來時，便逐漸在撒旦心裡化為明確的情報。

巨岩荒野的北邊，有一塊堅硬乾燥的沙層表面只有稀疏的草地和勉強生長的低矮樹木，被稱做沙塵荒野的地方，那裡就是路西菲爾居住的土地。

「我知道了。我大概是被小看了吧。」

如果叫路西菲爾的惡魔真的如同卡米歐說的那麼強悍，應該早就發現撒旦的接近。但撒旦完全感覺不到讓卡米歐害怕的那種先制攻擊的氣息。

即使謹慎地從遠處眺望，也無法從零星散布的低矮樹木中感應到路西菲爾的氣息。

或許正因為路西菲爾擁有能同時應付多位強大惡魔的實力，才會放著像撒旦這樣弱小的惡魔不管。

「還是說，他已經離開這裡了。如果是這樣就麻煩了。」

如果路西菲爾不在也是個問題。目前這一帶是因為路西菲爾的影響才維持平穩，一旦少了路西菲爾的力量，這裡或許一下就會變成強大勢力間的戰場。

「不，那樣太糟了！現在那樣就太糟了。無論如何都得讓路西菲爾待在這裡！」

撒旦之後又慌張地在這片荒野跑了半天左右，但仍找不到路西菲爾的蹤影，因此撒旦只好使出最後的手段。

既然跑了半天，空氣裡的氣氛依然沒有改變，就表示營造出這種氣氛的路西菲爾仍待在這裡，只是他就算發現撒旦，仍因為某種理由置之不理。

也有可能路西菲爾正使用隱身魔法監視入侵者（撒旦），只是撒旦看不見而已。

「……好吧！既然如此！」

撒旦下定決心，拍打自己的臉頰後用力吸一口氣。

「喂！請你出來一下！」

然後，撒旦採取了大聲呼喚對手這種非常原始的手段。

除了路西菲爾以外，周圍沒有其他會襲擊撒旦的流浪惡魔。因為他們全都被路西菲爾殺掉了。

「路西菲爾！我有話想跟你說！」

就像人類的小孩去找朋友玩那麼輕鬆般，撒旦大聲呼喚路西菲爾。

「我不是因為迷路才來到這裡！我是來找你的！聽得見嗎？拜託你出來啦！」

然而沒有人回應。難道路西菲爾睡著了，或者他是需要睡眠的惡魔呢？

「路西菲爾！路西菲爾啊！出來啦！你應該知道我這個惡魔不是你的對手吧！我不會對你怎樣！出來啦！」

撒旦毫不氣餒，繼續大聲喊叫。

路西菲爾絕對正在觀察這裡的動向。正因為在觀察這裡的動向並多少感到警戒，大刺刺地踏入他居所的撒旦，才會感覺不到足以凌駕卡米歐的魔力的氣息。

換句話說，路西菲爾就在附近。

「喂～我啊～」

撒旦下定決心喊出那句話。

「我帶了能幫你消磨時間的絕佳主意過來！」

就在這個瞬間。

「唔哇！」

無數帶著紫光的魔力球，瞬間包圍住撒旦。

由於一看就知道每個魔力球都包含了能瞬間將自己化為焦炭的能量，動彈不得的撒旦只能拚命移動眼睛觀察四周。

「……我惹你生氣了嗎？」

視線範圍內，並沒有惡魔的身影。不過看來撒旦成功讓路西菲爾（獵物）上鉤了。

接下來只差該如何將他釣起來，不過……

「你這傢伙是誰啊？」

撒旦的正上方傳來一道聲音。

「……我可以抬頭往上看嗎？」

撒旦在詢問對方的身分前，先問自己能否行動。

畢竟路西菲爾是遠比撒旦強大的惡魔，要是輕舉妄動，或許一瞬間就會被殺掉。另一個更單純的理由，就是撒旦擔心如果抬頭往上看，自己的後腦或許會碰到魔力球。

「好吧。不過要是你敢亂來，我就從眼睛打穿你的頭。」

「我知道了。我什麼都不會做。我要抬頭囉。」

撒旦坦率地回答，同時戰戰兢兢地將脖子往後倒，看向自己的正上方。

「你就是……路西菲爾嗎？」

「是你叫我來的吧？」

「呃，是這樣沒錯啦。」

雖然依舊連一根手指都無法動彈，但總算是確認了路西菲爾的身影。

真的是個嬌小的惡魔。

雖然因為對方逆著太陽光而看不清楚容貌，但體格看起來跟撒旦差不多。

對方唯一的特徵是從背部延伸出來的翅膀，既沒有長角也沒有巨大的爪子。

包覆全身的黑色長大衣，是撒旦從來沒看過的設計。

此外那道身影和撒旦記憶中的某個存在，出乎意料地相似。

「所以呢，你找我有什麼事？我午覺才睡到一半，要是內容很無聊，我就把你燒成焦炭再去睡回籠覺。」

「啊，我可以說話嗎？」

「可以。」

之所以一一徵求行動的許可，是為了確保自身的安全。

即使全身都因為魔力球的放射熱在冒汗，撒旦仍慢慢地慎選詞彙。

「總而言之，先讓我自我介紹一下。我叫撒旦。我住在離這片沙塵荒野不遠的南邊，一個到處都是岩石的地方。我今天來，是有話想跟你說。」

「我知道你有話想說，快點進入正題。我沒什麼耐性。」

路西菲爾一說完，撒旦尾巴前端的毛，就因為被魔力球碰到而燒焦。

即使如此，撒旦仍不為所動地筆直看著路西菲爾說道：

「……要不要跟我一起玩啊？」

「啊？」

「你很閒吧？一起玩吧。」

「……我聽不懂你在說什麼。」

路西菲爾困惑地說道。

「就是字面上的意思。跟我一起去玩吧。」

「……怎麼，你想跟我戰鬥嗎？」

「不是啦。我怎麼可能打得贏你。我是想找你一起去別的地方玩。你現在正好有空吧？要不要跟我一起去做些好玩的事情。」

路西菲爾因為逆光而看不清楚的表情，此時第一次產生反應。

「好玩的事情啊。我目前光是隨便殘殺附近的惡魔就覺得還算好玩的了，還有比這更好玩的事情嗎？」

「要是覺得不好玩，只要殺掉我就能確保有『還算好玩的事情』了。」

「……你這傢伙真有趣。」

就在這個瞬間，原本包圍撒旦的魔力球就和之前出現時一樣一齊消滅。

「噗哈啊啊！」

撒旦一口氣吐出之前憋的氣，無力地癱倒在地。

「怎麼啦，才這點程度就害怕了？」

路西菲爾似乎降落在呼吸凌亂的撒旦面前。

那極度輕微的聲音，讓撒旦重新體認到對方真的是個嬌小的惡魔。

「沒、沒辦法……畢竟我的實力不怎麼強啊。」

「哼。像你這種小嘍囉，能提供給我什麼樣的娛樂？」

撒旦此時首次看向站在自己正面的路西菲爾的臉。

年輕。

這是他的第一印象。

雖然魔界惡魔的五官因為種族不同而各式各樣，但臉部構造相對接近自己的路西菲爾，看起來非常年輕。

怎麼看都不像擁有足以被蒼角和鐵蠍警戒，並且遠遠凌駕卡米歐的力量，即使和「那名女子」相比，也明顯是他比較年輕。

不過即使如此，若他真的曾經和全盛時期的卡米歐交過手，那實際年齡自然不可能和外表一樣年輕。

針對自己的年齡，「那名女子」也曾說過類似的話。

不過現在路西菲爾的外表如何並不是重點。即使勉強站上和路西菲爾交涉的舞臺，撒旦的性命依然與死亡比鄰。

「……變化。」

撒旦慎重地揀選詞彙，回答路西菲爾的問題。

「變化？」

「沒錯。我聽說你非常強，而實際上似乎也是如此。你平常都怎麼和惡魔戰鬥？」

「沒什麼特別的，就跟其他人一樣，只要覺得礙眼或被敵視就殺掉，僅此而已。」

「不過，對你來說戰鬥還算快樂吧？」

「是啊，我很強，能夠單方面地痛打對手，果然是件愉快的事情。」

「我可以在你想要找樂子時滿足你，幫你準備必要的狀況和敵人。」

「……喔？」

有反應了。雖然只有一點點，但路西菲爾開始對撒旦的話產生興趣。

「當然等你感到充實，不想再配合我時，也隨時都能夠罷手。」

「這就是你說的『玩樂』？」

「不。這樣只是我單方面在努力替你準備適當的祭品吧？」

「你說得沒錯。話說回來，你明明只是個小鬼，卻知道許多複雜的話呢？」

「我也有我的苦衷。」

撒旦隨口敷衍道。

雖然就算說出實情也無妨，但製造一些祕密，多少有助於吸引對手的興趣。

「我和你的力量，能改變魔界的戰爭。魔界的惡魔，將模仿我和你的戰爭。最後我將站上魔界的頂點。當然麻煩的事情都由我來處理，你只要在喜歡的時候替我戰鬥就行了。」

「魔界的惡魔將模仿我和你的戰爭？那種事要怎麼辦到？」

「就算用言語說明，你大概也無法理解吧。只要跟我走，你就能親身體會。」

「……」

路西菲爾像是在玩味撒旦的話般，暫時陷入沉默。

「哼~你的確替我消磨了一點時間。」

「……啊？」

真的只稍微思考片刻的路西菲爾，點了一下頭後將手指伸向撒旦。

發現對方正將魔力集中到指尖，撒旦忍不住擺出警戒的姿勢。

「不過算了，那樣果然還是太麻煩了。我靠『還算好玩的事情』忍耐一下就好，懶得理你。」

「呃，那個……」

「對了，你剛才說會在我想戰鬥時，替我準備敵人，我現在就想殺你或找人戰鬥找點樂子。馬上幫我準備敵人。不然這件事就到此為止。我給你十秒。」

明明剛才還像是想參與，結果下一個瞬間又乾脆地翻臉，這反而讓撒旦佩服起他的隨興。

當然如果沒有這點程度，也無法在這個魔界生存，能夠進行這麼長的「對話」，某方面來說已經是奇蹟了。

「你要我現在立刻準備敵人？」

「嗯，沒錯。我希望你幫我準備十隻左右的惡魔。唉，如果你辦得到的話啦。」

十秒內準備十隻惡魔。

在這塊被路西菲爾支配、完全感覺不到其他惡魔氣息的土地，根本不可能辦得到這種事。

「唉，我承認你是個有趣的傢伙。不過我討厭說空話的傢伙。我本來就不是那麼勤奮的人，而且也無法保證你能持續為我帶來樂趣。」

路西菲爾指尖的魔力球，現在已經明顯帶有壓倒性的熱量，準備貫穿撒旦的身體。

「好，十秒到了。掰掰，雜碎惡魔。」

路西菲爾的臉上露出至今最殘虐的笑容，然而——

「誰說我辦不到了？」

「啊？」

即使面對死亡光束，撒旦仍露出無畏的笑容，就在路西菲爾察覺不對皺起眉頭時——

「唔？」

伴隨著一陣爆炸聲，一股衝擊襲向路西菲爾的身體，讓他腳步不穩地發出呻吟。

他還來不及確認發生什麼事，便傳來許多物體劃破空氣、朝這裡飛過來的聲音。

「怎、怎麼了？」

路西菲爾徹底忽視撒旦，展開背上的羽翼逃往空中。

無數錐子般的巨大尖銳岩石，開始接連落在路西菲爾前一刻站的地方。

「喔哇哇哇哇哇！」

撒旦也慌張地躲避岩塊。

路西菲爾剛才感受到的衝擊，是來自一個直擊背部的岩塊。

「那是……鐵蠍族？」

路西菲爾驚訝地低頭看向正拚命躲避岩塊的少年惡魔。

發動攻擊的，是理應不會出現在這附近的鐵蠍族戰士團。儘管不曉得正確人數，但從氣息來看，至少有十名以上。

「難、難不成……？」

雖然自己的確說過要十隻左右的惡魔，但真的有可能在這麼短的時間內，就找來符合要求數量的惡魔嗎？

無論如何，都必須先解決掉找自己麻煩的傢伙。

雖然不知道至今一直沒行動的鐵蠍族為何會突然做出這種暴行，但得讓他們付出驚動自己的代價才行。

路西菲爾將魔力集中到翅膀，再爆發性地解放，對從遠處利用得意的念動力發射石塊的鐵蠍族戰士團發動突擊。

「你到底做了什麼？」

「什麼啦！好痛！混帳！岩石碎片掉進鼻子裡了！唔哇！」

不用幾分鐘就消滅鐵蠍戰士團的路西菲爾，揪住流著鼻水淚眼盈眶的撒旦胸口，將他拉到高空上。

「怎、怎樣啦！你做什麼，快放開我！」

「發問的人是我。你到底是怎麼做到的。你是怎麼把鐵蠍帶來這裡，讓他們對我出手的。那些傢伙不可能會聽同伴以外的惡魔的話。」

「我不是帶他們過來！而是設計他們來這裡！並非基於任何人的命令，他們是自己過來這裡的！」

「設計……？自己過來？你在說什麼啊？」

「我、我不會再說了！想知道的話，就到我住的地方來玩！不然我就不告訴你手法！」

「……你在開什麼玩笑？居然敢小看我…………！」

「唔哇！」

就在路西菲爾發出充滿怒氣的聲音，打算勒緊撒旦的脖子時。

兩人的身體之間閃過一道銳利的紫色光芒，撒旦和路西菲爾也因為衝擊而分開。

「剛、剛才……那是什麼……？」

路西菲爾驚訝地看向自己被某種「並非魔力」的力量彈開的手。

「好痛痛痛痛痛痛痛痛？剛、剛才那是什麼！」

至於撒旦，則是呈拋物線墜落到遠方的地面，痛得在地上翻滾。

「看起來……不是那傢伙做的，不過，剛才那股力量是……」

儘管對從撒旦破布般的衣服領口處發出的光芒和衝擊感到困惑，路西菲爾仍緩緩降落在痛得打滾的少年惡魔旁邊。

「你招攬我，到底有什麼企圖。」

「好痛痛痛痛……咦？什麼？」

在路西菲爾提問之前，撒旦反復摸索自己的胸口，直到摸到某樣東西後，才緩緩放下手。

路西菲爾並未特別在意撒旦的舉動，繼續問道：

「我跟你合作有什麼好處？」

「……嗯？什麼，你願意跟我走嗎？」

「回答我。你究竟有什麼目的。又是吸引我的興趣，又是說要跟我一起玩，但總而言之，就是你的目的需要我的力量吧。」

「呃～那個，就算直接說出來，也不曉得對方能不能聽得懂，至少過去我遇見的那些傢伙全都無法理解。」

「……真要說起來，我也沒想過會有能說出這種話的惡魔存在。你真的是惡魔嗎？你到底在想什麼？」

「……這個嘛。」

撒旦起身拍了幾下沾滿灰塵的身體，指向天空。

「告訴你也行，畢竟我原本就不打算隱瞞，不過我真的希望你能跟我走，希望你別誤會這點。我啊……」

路西菲爾不禁看向撒旦指尖所指的方向。

那裡看起來只有紅色的天空，不過路西菲爾知道撒旦指的方向有什麼。

「想去那裡。雖然只是從別人那裡聽來的，但我一個人無法抵達那裡，就算到了感覺也會馬上死掉。」

「……從別人那裡聽來的？」

「所以說，因為目前還沒辦法去，我才想確實地培養實力，再來就是我想改變魔界。」

「……又說出這種誇張的話……」

「我可不是開玩笑的。根據我聽來的資訊。」

撒旦再度指向天空。

「在那前面有比我、卡米歐或是你還要強悍許多的人，人數也比魔界數量最多的種族還要多。和那種傢伙見面後，要是演變成戰鬥就麻煩了。所以必須集合大家一起變強才行。」

想要變強這點絕對不是謊言，但撒旦非常清楚絕大部分的惡魔，都無法理解藏在自己內心進一步的真正想法。

撒旦隱藏的真心，對住在遙遠「前方」的那些人而言，似乎是理所當然的感情，但對魔界的惡魔而言，就只是軟弱而已。

有一瞬間，撒旦回想起關於一族最後的記憶。他回想起父母沉入血海的屍體，但馬上就在心裡驅散這些回憶。

他想讓那個光景從魔界消失。他不希望再產生像自己這樣的小孩。

不過要是現在坦承一切，害路西菲爾改變主意就麻煩了。

「那麼，你打算怎麼辦？跟我走雖然會損失一點時間，但我認為你不會吃虧喔。要是到時候你厭煩了想離開，也可以殺了我沒關係。」

「……」

路西菲爾看了一下撒旦的臉，然後再度仰望天空。

「關於遠方那些傢伙的事情……」

你是從誰那裡聽來的？

路西菲爾嚥下差點脫口而出的話。

「嗯？什麼事？」

「不……沒什麼。」

路西菲爾搖搖頭，用力吸了一口氣，然後恐嚇般的瞪向撒旦。

「我只要一覺得膩，就會馬上離開喔。」

「喔！」

即使被充滿殺氣的視線瞪視，眼前的少年惡魔仍滿臉喜色地擊掌。

「太好啦啊啊啊啊啊！哎呀～真是感謝！我超開心的！謝謝你！」

「嗯啊？」

雖說是一時大意，但突然被抓住手的路西菲爾還是慌了手腳。

「你幹什麼？」

即使手被甩開，對方仍不為所動。

「嗯？奇怪？果然你也不行嗎？覺得高興的時候，就要跟對方『握手』吧？我是這麼聽說的？」

「……你這傢伙到底是怎麼回事……」

雖然只有一會兒，路西菲爾仍低頭看向自己剛才被握住的手，皺起眉頭。

上次感受到垂死敵人的血液以外的生命溫度，究竟是幾百年前的事了。即使已經無法回想起最後的那段記憶、仍產生一股奇妙懷念感的路西菲爾，盯著興奮的少年惡魔問道：

「……你叫什麼名字？」

「我剛才有說過吧！撒旦！撒旦．賈克柏！」

「唔哇，真普通的名字。」

就路西菲爾所知，這在魔界是非常普通的名字，但隱藏在擁有這個名字的少年心裡的東西，別說是普通了，甚至散發出路西菲爾過去從未體驗過的奇妙光輝。

「很好，既然如此，就不能再拖拖拉拉了！總之先跟我走吧，路西菲爾！接下來要換跟時間賽跑了。」

「……！」

「我說啊，我的力量比你強，年紀也比你大很多。為什麼你對我一點敬意也沒有？」

撒旦驚訝地睜大眼睛看向路西菲爾的臉，然後笑著回答：

「你也知道會『尊敬』其他種族的惡魔並不普通吧。」

「！」

「不好意思，我不會尊敬你。我不會讓任何人看見我那種樣子。那不是普通惡魔會做的事情。而沒有人知道我不普通，就是我目前的強處。我想你一定也能夠理解。所以，我不會尊敬你。」

「……原來如此。」

這句話在路西菲爾心裡，是非常容易理解的道理。

「我知道了。好吧。但相對地，可別讓我感到無聊啊。」

「交給我吧！」

說完後，撒旦得意地向前踏出腳步。
看著那道背影，路西菲爾用力嘆了口氣。
「……你打算花幾天回去啊。」
「哇。」
路西菲爾從後面拉住撒旦的衣領，一口氣飛上天空。
「……往哪邊？」
「那邊！那個兩座連在一起的山前面！」
「……喔，就是那個講話囉唆的鳥老頭住的地方吧。」
「你真的認識卡米歐啊！卡米歐說他曾經和你有過一場精彩的比試。」
「喔，原來那老頭把跟我的戰鬥當成自己的英勇事蹟啊……我就久違地去嚇嚇他好了。」
「話說回來，我一直很想問你，為什麼你以前打敗卡米歐時，沒有取他的性命？」
「……怎麼，那老頭什麼都沒跟你說嗎？」
「沒有。他好像也不太清楚原因。」
撒旦老實的回答，讓路西菲爾苦笑地抬起眉毛。
「既然那傢伙不記得了，就當作我是因為無關緊要的小事放過他吧。沒什麼特別意義……要飛囉。」

「喔～～～！好快啊啊啊！」

路西菲爾笑了一下後，便開始飛向帕哈洛．戴尼諾族的居住地，撒旦的聲音，也因為那猛烈的速度而在空中消散。

「為為為為為什麼？」

「卡米歐！我回來了！」

帕哈洛．戴尼諾族的居住地，因為路西菲爾突然來襲而陷入恐慌。

而帶頭的人，當然就是卡米歐。

「路、路、路西菲爾？」

「嗨……好久不見了，卡米歐。」

拎著撒旦降落地面的路西菲爾，以殘酷的笑容瞪向驚慌失措的卡米歐。

「你、你、你來這裡做什麼！」

看見卡米歐真的慌了手腳，路西菲爾隨手將撒旦扔到地上。

「好痛！喂，你會不會太粗魯了一點！」

「哼，看你這麼驚訝，這應該真的不是你幫他出的主意。」

無視撒旦的抗議，路西菲爾以冰冷的眼神看向慌張的老惡魔。

「什、什麼意思！你說在下怎麼了！」

「不，沒什麼。有個有趣的小鬼邀我來玩，我只是答應他的邀約而已。」

「答應他的邀約……喂、喂，撒旦，你該不會真的……」

「好痛痛痛……所以我不是說過了！他意外地能溝通。盡量別惹他不高興啊。因為路西菲爾現在是我的夥伴。」

「是『玩伴』才對。」

「難、難以置信……」

讓這位憑一己之力就足以嚇阻鐵蠍和蒼角的路西菲爾加入夥伴，對卡米歐來說是超乎想像的事態。

「對、對了！撒旦，你這傢伙！擅自叫在下的部下去做了什麼？有斥候跟我報告，鐵蠍的領地出現奇妙的動靜！」

就在發現撒旦失蹤不久後，一名氣喘吁吁的戰士不曉得從哪裡趕了回來。

卡米歐問過那名戰士後，才知道原來那名戰士去了鐵蠍族的地盤附近。

被問到的撒旦若無其事地回答：

「喔，你是說那個被我叫去鐵蠍族地盤的邊界大喊，『路西菲爾投靠蒼角族啦』的傢伙嗎？」

「啊？」

「你說什麼？」

路西菲爾和卡米歐都為這出乎預料的答案大吃一驚。

「那些鐵蠍，應該是為了確認路西菲爾的行動所派出去的斥候吧。不過我沒想到他們會二話不說地發動攻擊。我本來只希望他們接近路西菲爾然後被發現就好。」

「……喔，原來如此。」

面對得意的撒旦，路西菲爾不曉得究竟該佩服還是驚訝。

當時要不是有鐵蠍們的暴行，撒旦早就在北部荒野被燒成焦炭了。

「如果鐵蠍族沒來，你打算怎麼辦？」

「以鐵蠍族的腳程和性格，我相信他們一定會來，我是邊計算速度邊走過去的，此外我也有準備若鐵蠍族先到並攻擊路西菲爾時用的劇本。」

撒旦若無其事地聳肩。

「而且要是被你殺掉，就表示我的命只有這點程度。就像我的那些族人一樣。」

誰也不認為這是深沉的覺悟。這在生命被力量消滅的魔界，是自然的道理。

即使如此，卡米歐仍勸諫般的說道：

「用自己的性命賭博，是下策中的下策。你給我自重一點。」

「嘿嘿嘿……」

撒旦或許是也知道這點，因此尷尬地笑著搔頭。

「這小鬼真是的……嗯？等等，既然路西菲爾現在在這裡……」

卡米歐像是發現什麼似的再度逼近撒旦，後者用力點頭說道：

「沒錯。路西菲爾的『牽制』消失，讓蒼角和鐵蠍展開全面戰爭的環境已經完成了。等鐵蠍發現路西菲爾離開沙塵荒野後，戰爭就會立刻爆發。」

「你這傢伙到底在想什麼啊啊啊啊！你想害在下的族人陷入危險嗎！」

「好痛痛痛痛痛痛痛！」

卡米歐開始勒緊撒旦的脖子，路西菲爾勸阻般的說道：

「……等等，鳥老頭。你可別忘了我啊。現在的我，是站在你們這邊的。前提是撒旦別做什麼蠢事啦。」

「對、對啊，卡米歐！路西菲爾是夥伴！是夥伴啊！」

「誰會信啊！就算這傢伙是夥伴，那又怎麼樣……！」

「只要路西菲爾跟我們一起行動，那無論蒼角或鐵蠍，還是其他小部落的人，都會知道我們這裡不是只有卡米歐一個人撐腰吧！」

「那又怎麼樣！即使有在下和路西菲爾在，也無法介入蒼角和鐵蠍的全面戰爭！無論是雙方的族長，還是牽涉其中的戰士們，都有許多是突變的個體！」

「冷～靜～點～啦～卡米歐！誰說我們要干涉他們了！放開我啦！」

撒旦快速逃離卡米歐的翅膀後，搓著剛才被勒住的脖子淚眼盈眶地說道。

「如果不想介入，那你打算怎麼辦？該不會是想逃跑吧？如果是想叫我當逃跑時的保鑣，我現在就走人喔。」

撒旦對著路西菲爾晃動手指。

「怎麼可能！唉，雖然我無法否認是想請你擔任保鑣……」

說著說著，撒旦再度像之前那樣，在地面上畫出周邊的勢力圖。

路西菲爾驚訝地看向撒旦洋洋灑灑寫下的「文字」。

「老頭，這是你教他的嗎？」

「……不。」

卡米歐搖頭回答路西菲爾的問題。

出生才幾十年的少年惡魔居然會使用幾乎所有魔界部族都遺失的文化——「文字」，這點就連路西菲爾也難掩驚訝。若那不是出於卡米歐的指導，就更是如此了。

少年無視兩位大惡魔，完成了勢力圖。

「路西菲爾、鐵蠍和蒼角過去一直在這個地方互相對峙，雖然如今路西菲爾暫時離開這裡，但鐵蠍和蒼角應該還要過一段時間才會發現，所以可以利用這個空檔。」

說完後，撒旦將原本寫著「蒼角」的文字換成「我們」。

「我們要奪取蒼角族，支配魔界的北邊，將狀況改成鐵蠍和我們的戰爭。」

「……完全聽不懂你在說什麼。」

撒旦若無其事地回答路西菲爾：

「講得極端一點，只要做跟把你帶來這裡時一樣的事情就行了。因為我們擁有許多會飛的戰士，所以我才會先挑上戰鬥起來比較有利的蒼角。而且那裡離這裡又近！」

「唉……」

「你說什麼？」

路西菲爾和卡米歐忍不住互望了一眼。

撒旦開心地看著兩人驚訝的表情，再度指向寫著「我們」的地圖。

「我要趁鐵蠍族發現路西菲爾不在前，讓族長亞多拉瑪雷克和他率領的蒼角族，變成我們的『玩伴』。喂，卡米歐。」

撒旦的呼喚，讓老邁的惡魔劍士打了個寒顫。

卡米歐心想，自己或許撿了個非常不得了的傢伙回來照顧。

「哈哈，你在害怕嗎？」

眼前的少年惡魔露出熟悉的眼神，讓卡米歐變得無法動彈，就連被路西菲爾看穿也不感到生氣。

「這是讓帕哈洛．戴尼諾族的魔鳥將軍卡米歐的名號，再次聲名遠播的機會。你要加入嗎？」

※

只有那裡的大地有座宛如向天空隆起般險峻萬分的岩山。山上開了無數坑洞，顯示這座岩山其實是座「城寨」。

同時也是窗戶的坑洞，並非用來眺望外面的景色，而是用來警戒和攻擊來襲的外敵。

無數的箭矢、標槍和魔力球，從那扇窗戶朝天空發射。

由身材魁梧的牛頭惡魔們投擲的標槍，擁有比一般的魔力球還要強大的威力。

彷彿在天上嘲笑那些箭矢和標槍般，帕哈洛．戴尼諾族的戰士們零星地對岩石城寨發射魔力球。

雖說缺乏強力的戰士，但畢竟是擁有專為飛翔而生的肉體的魔鳥一族。直線飛行的長槍或

標槍不但不容易命中他們，就算有什麼萬一，卡米歐的防禦魔法也會彈開所有的攻擊。

這場戰鬥看起來，就像是愚蠢的小部族突然找強大的豪族蒼角族麻煩，但背地裡卻有兩個嬌小的人影在偷偷行動。

「能從裡面到外面，就表示也能從外面到裡面。」

「喂、喂！真的要在這麼窄的地方唔哇哇！」

撒旦和路西菲爾徒步走在除非身材嬌小的兩人彎下腰，否則無法前進的狹窄隧道。

完全照不到光線的隧道底下有水在流動，讓腳底顯得莫名泥濘。

「安靜點。不然會被發現。」

「就算被發現又怎麼樣！唔哇，我的腳濕了！感覺真噁心！」

兩人已走到無法看見入口光線的地方，因此撒旦根本無法確認路西菲爾有沒有皺起眉頭。

「如果被人發現，事情會變得很麻煩。我們的目的，是在不被發現的情況下見到這裡的首領。」

「那為什麼不能被發現啊！蒼角的戰士根本就不是我的對手。」

「要是你贏了反而麻煩，這我在出發前就說明過了吧？」

撒旦有些厭煩地回應。

明明在從帕哈洛．戴尼諾族的聚落出發前，才進行過詳細的討論，然而目前看來路西菲爾似乎完全沒在聽。

和蒼角族的首領，亞多拉瑪雷克締結「同盟」。

這是撒旦在得到路西菲爾這張強力的王牌後的下一個目標。

雖然撒旦花了不少時間才讓卡米歐和路西菲爾理解「同盟」的概念，但在提到邀請包含路西菲爾在內的流浪惡魔們加入帕哈洛．戴尼諾族，狹義上也算是同盟後，卡米歐似乎就大致理解了。

個人或集團為了共通的目的互相協助並採取相同的行動，就叫做「同盟」。

那麼這個目的是什麼呢？

卡米歐和路西菲爾認為如果要和蒼角族合作，就要將目的設為殲滅這一帶最大的勢力，鐵蠍族。

「唉，在目前的階段，這樣講會比較簡單。」

雖然撒旦沒有否定，但卡米歐和路西菲爾都是「可以溝通的惡魔」。

因此他們敏感地察覺到撒旦的想法不只如此。

「話說回來，這個洞穴真的有通到某個地方嗎？萬一最後發現是死路，我可是會當場爆破周圍喔？」

「我說啊。」

撒旦轉過頭，壓低音量對路西菲爾說道。

「你以為我們為什麼要走這個有水流出來的大洞。這個水道可是設在有惡魔住的岩山裡。想也知道另一頭一定會有東西。」

「啊，原來如此。」

背後傳來路西菲爾擊掌的氣息。

「總之動作快點。喔，從這裡開始，牆壁就變得特別陡峭。路西菲爾，靠四肢爬上去吧。不要用魔力喔。」

「咦？」

撒旦輕鬆應對路西菲爾的抗議之聲。

「蒼角和外表不同，是群擅長魔法的傢伙。要是我們的魔力在這裡被發現，可是會被活埋的。啊，到時候可不能用你的力量炸開喔。這次如果在見到族長前被其他傢伙發現造成騷動，就算是我們輸了。」

「……如果要給我選，我現在反而比較想宰了你。」

「只要忍耐一下，有趣的事情就會變得更有趣。好了，該走囉。雖然我也擔心外面的卡米歐他們，但最糟的情況，還是被鐵蠍發現蒼角族的領地發生騷動。因為距離很遠，所以可能性應該很低……喔，這裡就是終點啊。」

沒爬多久，隧道上方就開始出現搖曳的火光。

「終於到了！」

「安靜點啦！好，看來可以出去。周圍也沒人在。好，可以上來了。」

撒旦先探頭觀察周圍，在確認安全後才讓身體從洞穴出來。

「原來如此，雖然不曉得箇中機關，但被引到城寨上方的水是從各處的水路匯集起來的啊……幸好不是下水道。」

「下水道？那是什麼？」

「不，沒事。」

撒旦裝傻地搖頭回應從後面跟上來的路西菲爾的問題。

由於流動的水沒有異臭，因此能夠得知此處並非下水道，但既然不曉得這條水流是做什麼的，那還是先別告訴路西菲爾「下水道」的概念比較好。

看來兩人似乎是來到了岩石城寨中間樓層的走道。

配合蒼角族體格打造的天花板非常高，因此篝火也被設置在非常高的位置。

流進隧道的水，是來自靠近天花板的某個洞口，從那裡流出來的水順著刻在走道和牆壁上的溝流動，而那個洞穴又與城寨更上面的樓層連接。

「……真是奇怪的設計。」

撒旦納悶地說道。

製作將水運往高處的灌溉設備，既費工又耗費魔力。

如果是「天空對面的世界」，倒是有很多理由將淡水運到標高極高的位置，不過正常來講，魔界的惡魔應該沒必要製作這麼大規模的設備。

「可是，這應該有什麼理由。看起來也不像自然產生的東西。」

這裡寧願在牆壁和地板上挖溝，也要讓水流動。即使是自然湧出的水，讓水在建築物內流動也不會有什麼好事。

更何況現在占據這座城寨的，還是生活上不需要水和糧食的惡魔。

「喂，撒旦。你接下來打算怎麼做。又要鑽洞嗎？」

發現撒旦在觀察天花板那個洞口的路西菲爾，擺出一張臭臉，撒旦稍微猶豫了一下後搖頭說道：

「……不，還是算了吧。接下來就走這條路。雖然要往前進，但我剛才也有說過，即使遇見蒼角族的人，也絕對不能殺掉對方。請你按照我的指示行動。」

「……真是的，莫名其妙。」

雖然沒有拒絕，但路西菲爾看起來還是一臉不滿，撒旦見狀反而想道：

「看來還是早點遇到人會比較好。」

機會馬上就來了。

走在巨大走道上的兩人，中途遇見了一名沒帶武器的蒼角族朝他們的方向走來。

前方火焰的陰影傳來響亮的腳步聲，一對閃著藍光的眼睛朝這裡靠近，此時撒旦突然抓住路西菲爾的手，趴到走廊地板的角落。

配合蒼角族的視線設在高處的火把製造出一塊陰影，兩人屏息躲在那一大片陰影中。

然而這裡並沒有遮蔽物，只要朝這裡過來的蒼角族稍微謹慎一點移動視線，馬上就會發現他們。

「路西菲爾，我來告訴你為什麼不能戰鬥吧。你接下來去襲擊那個傢伙。不過，拜託盡可能不要殺他，只要從背後勒住他的脖子一下就好。」

「……啊？」

路西菲爾對輕聲下達指示的撒旦皺起眉頭——

「……唉，好吧。」

但或許是敵不過想知道一下叫人別戰鬥、一下又叫人發動突襲的撒旦究竟在想什麼的好奇心，路西菲爾開始在黑暗中悄悄行動。

「……嗯？」

來到走廊的蒼角族發現視野角落有個大東西在動，將臉轉向那裡，就在下一瞬間——

「唔嘎！」

蒼角族被人從背後勒住脖子。

「……然後呢，接下來要怎麼辦？」

勒脖子的自然是路西菲爾，他說話的對象並非蒼角族，而是藏在暗處的撒旦。

當然不知道這件事的蒼角族，為了通知同伴發生緊急狀況而張大嘴巴，用力吸了口氣。

「笨蛋啊！」

那名蒼角族因為被人用力按住嘴巴而陷入驚慌。按住嘴巴阻止他說話的，當然就是撒旦。

「現在這個城寨的蒼角族注意力都在外面搗亂的卡米歐他們身上，沒發現我們在這裡。像這樣不讓敵人知道我方真正的目的，在其他地方誇張地引起騷動，好像就叫做『聲東擊西』。不過如果被人發現我們在這裡，他們的注意力就會轉向我們，聲東擊西的效果也會減半。我們將變成得和大批人馬戰鬥，難以繼續前進。那樣不是很麻煩嗎？」

「……哼，原來如此。那麼，為什麼要我不能殺人？」

「唔、噗、嗚、嗚。」

雖然脖子被勒住的蒼角族已經快受不了了，撒旦仍繼續講解。

「跟叫你不能戰鬥一樣。一旦下了殺手，無論如何都會留下血跡和戰鬥的痕跡，增加我們被發現的機率。不能讓蒼角族知道我們在這裡。」

「別說是屍體了，我可是有辦法殺人不留一滴血喔？」

路西菲爾若無其事的發言，讓被勒住脖子的蒼角族痙攣了一下，不過看不出來那究竟是因為恐懼，還是單純感到呼吸困難。

「那也需要用到魔力和魔法吧。到頭來還是會讓蒼角族發現有敵人在這裡。而且我們的目的並非殺光蒼角族。」

此時，位於兩人之間的蒼角族停止用力，失去意識。

發現這點的路西菲爾鬆開手，撒旦則像是預見到會這樣般，早一步繞到蒼角族的背後，避免那龐大的身軀摔落地面時引發震動或聲音。

「聽好了，路西菲爾。戰爭這種東西，有符合目的的『勝利方法』。如果搞錯這點，就算原本能順利的事情也會變得不順利。」

說著說著，撒旦開始拖起蒼角族的龐大身軀。

「喂，你在做什麼？」

「總不能讓這傢伙就這樣倒在這裡吧。我剛才有發現一個不容易引人注目的洞穴，我要把他放到那裡。」

這也是為了不讓其他人發現這個蒼角族遭遇的異常狀況。

「話雖如此，等這傢伙醒來後，一定會大肆宣揚我們的事情吧。」

「所以現在已經有時間限制了。等這傢伙醒來，就是作戰結束的時候。那麼，我去藏他一下。」

說完後，撒旦開始拉著那個巨大身軀走回頭路。

路西菲爾雖然一臉不能接受，但還是掉頭跟在撒旦後面，接著他像是突然想起什麼似的喊道：

「咦？」

蒼角族的身材高大到兩人必須抬頭仰望。

為了從背後勒那個蒼角族的脖子，路西菲爾必須稍微飛離地面。

另一方面，撒旦在蒼角族打算大叫前就摀住了對方的嘴巴。

那個時候的撒旦……

「那傢伙，有浮起來嗎？」

像山一樣的身軀這句話，簡直就像是為了眼前的惡魔而生。

蒼角族族長，亞多拉瑪雷克。

和撒旦與路西菲爾在岩寨中遇見的蒼角族戰士相比，亞多拉瑪雷克的威容讓人感覺到的魔力更加龐大與強勁，完全符合卡米歐所說的「突變個體」。

也因為這分威嚴，即使有兩個嬌小的入侵者突然闖入位於岩寨最深處的族長洞穴，亞多拉瑪雷克也毫不動搖。

他只說了一句話。

「你們是怎麼來到這裡的？」

這個問題有兩層含意，一個是其他部族的兩名惡魔，是如何進入這個只有蒼角族的岩寨；一個是入侵這裡後，是如何擊退城寨中的戰士。

路西菲爾當然沒有回答，只側眼看向撒旦。

看來是決定看撒旦怎麼表現。

「走過來的。」

撒旦宛如理所當然般的用和平常一樣光明磊落的態度，對隱藏的魔力遠大於自己的對手說道。

「走過來的啊。」

「嗯。」

「你是那些在外面吵鬧的鳥的部下嗎？」

「不，硬要說的話，那些鳥才是我的部下。現在來你家鬧事的集團首領就是我。」

坐在要稱為王座未免顯得過於粗糙的岩石座位上，只以視線瞪向撒旦的亞多拉瑪雷克，當然是經歷過與他的威容和威嚴相符的歲月，才坐上這個位子。

年齡未滿百歲的撒旦，對他來說只是無足輕重的對手，因此亞多拉瑪雷克似乎是以和路西菲爾不同的方式，揣測撒旦的真實身分。

亞多拉瑪雷克的鼻子吐出腥臭的氣息，像是稍微將注意力移到外面般移動視線。

「哼。帕哈洛·戴尼諾族的魔鳥將軍居然淪落到被這種小鬼使喚，真的是晚節不保呢。」

「你認識卡米歐嗎？」

撒旦發自內心地對亞多拉瑪雷克的話感到驚訝。

鼎鼎大名的蒼角族族長，居然說出接近稱讚卡米歐的話，讓撒旦開始打算稍微修改自己對卡米歐的印象。

不過，那也得等撐過這個場面之後。

儘管亞多拉瑪雷克看起來不像路西菲爾那麼沒耐心，但他們今天的身分可是侵略者兼入侵者。

話雖如此，撒旦也不能就這樣表明來意，他一開始就沒這個打算。

「魔界雖廣，但像魔鳥將軍卡米歐那樣長壽又充滿歷練的惡魔並不多。可是正因為他太過偉大，所以才會一直缺乏優秀的後進。」

雖然不曉得這些話是褒是貶，但巧合的是，卡米歐本人也曾說過一樣的話。

帕哈洛．戴尼諾族至今仍未誕生超越卡米歐的戰士。

因此即使已經衰老，卡米歐仍須為了守護一族而奮戰，但光靠他一個人，根本無法和蒼角族與鐵蠍族這些擁有許多堪稱突變個體，聚集了優秀戰士的部族對抗，所以他的威名也不知不覺被隱沒在時代和鮮血陰影的背後。

「那個臭老頭啊……」

撒旦和路西菲爾都不曉得亞多拉瑪雷克的年齡，不過撒旦還是乾脆地對露出緬懷表情的牛頭說道：

「不過，真要說起來，我就是他的後進。蒼角族族長亞多拉瑪雷克。本人撒旦今天是代理帕哈洛．戴尼諾族族長卡米歐，來向你提出請求。」

撒旦說完後，亞多拉瑪雷克首次移動上半身。

「啊哈哈哈哈！你是魔鳥將軍的代理人？你這小鬼找我有什麼事情？」

「……真是意外的反應。」

路西菲爾抬起眉毛輕聲說道。

看來亞多拉瑪雷克似乎覺得撒旦的話很有趣。

「小翅膀的男人啊，你就是之前在沙塵荒野大鬧的路西菲爾嗎？」

此時，亞多拉瑪雷克首次將注意力移向路西菲爾。

「沒錯。蒼角的老大。」

「如同傳聞，你的確擁有和我不相上下的力量。然而你卻選擇跟隨這個小鬼，我開始有點好奇其中的理由了。」

亞多拉瑪雷克繼續開心地說道：

「雖然只是個小鬼，但既然你成功擊退了城寨中的戰士們，那我也必須做出相當的回應才行。」

亞多拉瑪雷克這段話，不知為何讓路西菲爾驚訝地睜大眼睛，看向一旁的撒旦。

撒旦也得意地回看路西菲爾一眼，然後立刻轉向亞多拉瑪雷克。

即使是像亞多拉瑪雷克這種等級的惡魔，思考也已經受到撒旦的誘導。亞多拉瑪雷克以為撒旦和路西菲爾，是和許多戰士戰鬥過後才來到這裡的。

實際上不只最初的一人，他們在城內還多次遇見其他的蒼角族戰士，不過路西菲爾和撒旦每次都會聯手以最低限度的力量，用突襲的方式打昏那些戰士，直到抵達這裡為止，他們完全沒有經歷過像樣的戰鬥。

坦率感到佩服的路西菲爾，也將視線移回亞多拉瑪雷克身上，輕輕點頭。

「唉，我懂你的心情。因為我也經歷過類似的事情。這個小鬼到底會對你說出什麼話，我也非常有興趣呢。」

「哼，魔鳥將軍的代理，擁有魔界隨處可見姓名的小鬼啊。如果你講的話很無聊，我可是會讓你當場葬身在我的槍下。」

亞多拉瑪雷克按照自己的宣言悠然起身，將粗壯的手臂伸向王座後方。

「唔哇，好大。」

路西菲爾在看見亞多拉瑪雷克手上的東西後，吹了聲口哨。

那是把宛如岩柱般巨大的斧槍。

由與一族之長相稱的藍色金屬製成的槍尖和戰斧部分，想必沾染過許多惡魔的鮮血。

「這是我族代代相傳，能夠貫穿、撕裂萬物的無雙之槍。像你這種小鬼的性命，應該輕輕一碰就會灰飛煙滅吧。」

亞多拉瑪雷克要脅般的將巨大斧槍的槍尖對準撒旦的喉嚨，出言恫嚇。

然而撒旦面對槍尖卻毫不動搖，他盯著亞多拉瑪雷克的眼睛說道：

「亞多拉瑪雷克，你是為了什麼在這裡統率部族。」

「什麼？」

「為了打倒鐵蠍嗎？」

「我不懂你這個問題的意思。」

雖然牛頭的表情不容易解讀，但看得出來亞多拉瑪雷克的困惑與焦躁稍微增加了。

「那我就講得簡單一點。亞多拉瑪雷克，你是為了將來在這塊土地被其他的蒼角族年輕人取代，或是被其他惡魔殺掉，才得意地待在這裡嗎？」

「哼，我是蒼角族中力量最強的人。在我的部族裡根本沒有人會蠢到想取代我，而我等族人也不允許任何外敵的侵略。」

亞多拉瑪雷克像是認為理所當然般的說道，不過撒旦早已預料到這個回答。

「啊，嗯。不過再過幾百年後，你就會變得跟你剛才說的魔鳥將軍一樣。」

「嗯？」

「魔鳥將軍卡米歐是帕哈洛．戴尼諾最強的戰士，是連你和路西菲爾都另眼相待的存在。不過現在又是如何？受到新興的年輕強大部族壓迫，無法持續停留在同一個地方。另一方面，無論經過多久，帕哈洛內都沒有出現超越卡米歐的戰士，所以部族的想法不會改變，卡米歐的負擔也一直沒有減輕，部族別說是繁榮了，人數還隨著卡米歐的衰老不斷減少。你對此有什麼看法？你有辦法確定地說自己和蒼角族不會走到那樣的未來嗎？難不成你是不老不死之身？我沒說錯吧？」

「……唔。」

思慮周詳的牛頭稍微皺起眉頭。

「雖然蒼角族的戰士每個都是精銳的優秀戰士，但和其他豪族相比，整體人口並不多。若是以少對少的戰爭，結果就是由戰士的素質決定，但若是以多對多，結果就是由戰士的數量決定。我問你——」

撒旦稍微將視線從亞多拉瑪雷克身上移開，正確地看向東方。

「你打得贏鐵蠍族嗎？鐵蠍族的戰士一對一時根本不是蒼角族的對手，但他們數量龐大。能夠在數量方面與他們對抗的，大概只有位於遙遠南方的馬勒布朗契吧。」

「……那傢伙到底是從哪裡得到這些資訊的？」

路西菲爾低聲嘟囔道，由於知道現在自己無論說什麼都只會礙事，因此他並未插嘴。

「因為一些緣故，路西菲爾現在和我們一起行動。居住在蒼角族和鐵蠍族之間的大批流浪惡魔也和我們會合，現在蒼角族和鐵蠍族之間已經沒有其他勢力。戰爭早晚會開始。所以我再問你一次，你有把握贏鐵蠍族嗎？」

「愚蠢的問題。我蒼角族是魔界最強。東方的毒蟲無論來幾隻，光靠數量根本……」

撒旦乾脆地打斷憤然放話的亞多拉瑪雷克。

「呃，抱歉，我想問的不是這個。蒼角族戰士總共有四千名，鐵蠍族戰士則是大約兩萬。我是想問你當正面對上數量是己方五倍的兵力時，你打算怎麼戰鬥。」

「這只是單純的計算問題。只要一個人打倒五個敵人……」

「所有人都必須一人打倒五人啊，如果他們會乖乖在你們的戰士面前排隊站好，那倒還無所謂。」

惡魔之間的戰爭，理所當然地會發展成混合了肉搏戰和魔法戰的戰鬥。

除了武器和肉體的衝突以外，偶爾也會從遠距離利用魔法發動攻擊。

而且戰爭和遵守一定規則、讓規定人數在特定場所戰鬥的比賽是不同的概念。

戰況會有激烈程度的不同，在敵眾我寡的地區，我方的損害當然就會較大。

甚至有可能出現能夠以一敵五的蒼角族戰士，同時對上二十名鐵蠍的狀況。

雖然若是一對五，就有可能打倒五名敵人，但在一對二十時，便可能因為受到壓制而只能打倒三人。

「你有想過這種狀況嗎？」

「……結果你到底想說什麼。難道你特地跑來這裡，就只是為了愚弄我的族人嗎？」

「不對。雖然你剛才說只要一個人打倒五人就行了。」

撒旦搖頭。

「但如果換成我，我有自信一個人只要打倒不到一人就行了。」

「……你說什麼？」

亞多拉瑪雷克臉色一變。

「我的意思是如果我成為蒼角族的族長，和你在相同條件下指揮族人，就能在將蒼角族的犧牲壓到最低限度的情況下戰勝鐵蠍。」

「什麼……」

亞多拉瑪雷克全身的氣氛都變了。

雖然亞多拉瑪雷克至今都一直認為，自己只是在迎合偷偷闖來這裡大放厥詞的鼠輩的戲言，但那名鼠輩剛才卻清楚地當面唾罵他身為領導者的資質。

「喂喂喂……」

發現亞多拉瑪雷克是真的動怒的路西菲爾困惑地看向撒旦，但後者毫不動搖。

看來這也在他的預想之內。

「所以啊，蒼角族的族長亞多拉瑪雷克。要不要和我比試一場啊。」

「你說比試？」

殺氣轉為鬥氣的亞多拉瑪雷克用力揮了一下柱子般的斧槍，劃破王座大廳的空氣。

「沒錯。賭上蒼角族所有人性命的大比試。你也不是那種會放任我這種臭小鬼大放厥詞的貨色吧？」

撒旦大膽地笑道：

「亞多拉瑪雷克，我認為決定蒼角族全體生死的分水嶺，就在這個瞬間。如果我在這場戰

鬥中贏了你，我就要收下所有的蒼角族戰士！」

「認真的嗎……」

這次路西菲爾真的感到困惑了。

雖然路西菲爾判斷亞多拉瑪雷克的實力大概和自己相等或略遜一籌，但無論如何，都明顯不是撒旦有辦法正面取勝的對手。

路西菲爾接著想到的，就是自己可能也被當成戰力。

如果自己認真和亞多拉瑪雷克戰鬥，那倒也不是沒有勝算。

不過就在這個時候，撒旦轉向路西菲爾問道：

「你現在有幹勁嗎？」

「……感覺事情會變得很麻煩，所以不是很有幹勁。」

路西菲爾坦率回答。

接著撒旦說出更加驚人的話。

「太好了。那麼，你稍微退到入口那裡吧。如果我輸了，你可以直接從那裡逃走。」

「啊？」

路西菲爾心想，難道撒旦不是想和自己聯手對付亞多拉瑪雷克嗎？

儘管感到困惑，但既然都說了自己不用動手，那麼路西菲爾也不打算再插手。

他乾脆地退到入口處，觀望事情的發展。

亞多拉瑪雷克見狀，牛頭的嘴巴便浮現出邪惡的笑容。

「你打算在沒有路西菲爾協助的情況下打敗我嗎？」

「是啊。不如說，我現在已經有九成的勝算了。」

「啊？」

這是同伴路西菲爾毫無虛偽的疑問之聲。

路西菲爾實在不認為在這種狀況下，撒旦還有辦法像面對自己時那樣，迴避與實力遠勝他的敵人戰鬥。

「別開玩笑了，小鬼！過去從來沒有人在我揮動這把蒼角神祖流傳下來的魔槍後，還能留住性命！」

亞多拉瑪雷克的怒吼，就是開戰的信號。

「喝啊啊啊！」

牛頭巨人將比自己身體還長的斧槍高舉過頭揮舞，然後用力豎立在地板上。

接著——

「嗯？水？」

被斧槍敲到的地方，居然不斷滲出水來。

然後就在下一個瞬間——

「唔喔！」

「哇！」

撒旦和路西菲爾驚訝地環視房間內的狀況。

剛才還是以岩石打造而成的王座，居然瞬間凍結了。

「……原來如此，那些水就是為了這個……」

撒旦恍然大悟地點頭。像是要進一步印證他的推測般，周圍的牆壁和地板都出現宛如巨大荊棘般的冰柱伸向亞多拉瑪雷克，且沒多久就包住牛巨人的全身。

裝備了魔冰鎧甲和古老魔槍的戰士亞多拉瑪雷克，其實也是擅長水魔法與冰魔法的蒼角族第一魔法師。

在圍繞城寨的水路內流動的水並非為了滿足生活需求。那些水全是亞多拉瑪雷克的武器。

「無論鐵蠍們有多麼人多勢眾，最後都會成為我的槍下亡魂！今天就讓我宰掉出現在我王座大廳的有趣鼠輩，來當成提前慶祝吧！」

「你承認我們很有趣啊。」

撒旦舔了一下嘴唇，低聲嘟囔道。

「好了，拜託你啦，臭老頭。」

「嗯？」

在空中迴旋的卡米歐，察覺岩寨中出現一股強大的魔力。

「這就是蒼角族現任族長的力量嗎……」

雖然對明顯超越現在自己的魔力感到驚訝，但卡米歐只有驚訝，沒有動搖。

因為他早就知道會出現這股魔力。

「唔。」

看見在底下迎擊我方的蒼角族戰士們的樣子後，卡米歐忍不住呻吟了一下。

蒼角族們明顯正因為岩寨內膨脹的魔力感到動搖。

魔法和標槍的攻勢明顯減弱，許多迎擊的戰士都慌張地趕回城寨內。

一切都和撒旦說的一樣。

「是信號！要改變陣形囉！」

事到如今，卡米歐決定將一切都賭在那個少年惡魔身上。

至今都分散地在空中飛翔，零星發動攻擊的帕哈洛．戴尼諾族的戰士們，開始按照事先安排好的編隊，以五人為一組行動。

「集中狙擊對方發射攻擊的地點！」

由於部分負責攻擊空中的蒼角族戰士在察覺城內狀況有異後撤退，瞄準卡米歐他們發動的攻擊數量變少，槍和魔法的彈幕也變得稀薄，就結果而言，他們開始能冷靜地從空中判別攻擊的源頭。

組成編隊的帕哈洛戰士們，開始瞄準敵人的發射點射出魔力彈。

「小心別殺了他們！」

卡米歐按照撒旦的指示，開始依序擊潰留下來迎擊的蒼角族戰士。

雖然蒼角族的戰士們各自奮戰，打算攻擊五人一組在空中飛的帕哈洛編隊，但他們的箭矢、標槍和魔力球，根本打不中一下集合，一下分散的帕哈洛編隊飛行。

反倒是帕哈洛的戰士們來自空中的攻擊命中率急速上升，能迎擊帕哈洛的火力也愈來愈薄弱。

「差不多是時候了。」

確認岩寨周邊的反應都大致消失後，卡米歐再度打出信號。

「鞏固岩寨的入口！」

帕哈洛的戰士們急速下降，並精確地從無數空著的城寨窗戶或洞口中，挑選能通往內部的洞穴，然後在那前面著地。

他們之所以能分辨出重要的洞口和不重要的洞口，是因為觀察了蒼角族戰士們剛才返回城寨內時的行動。

帕哈洛戰士們的編隊，一直線地被吸進充當入口、確定能通往城寨內的洞穴。

卡米歐也率領兩個編隊進入其中一個洞穴。

即使內部的走道既狹窄又曲折，但畢竟是配合蒼角族的魁梧身軀挖出來的走道。

要讓體格遠比蒼角族嬌小的帕哈洛・戴尼諾們飛行並不成問題。

「他、他們來了！」

「外面的傢伙們到底在做什麼？」

「怎、怎麼辦！快點趕去族長的房間！」

「不能放著入侵者不管啊！」

另一方面，蒼角族已經完全陷入混亂狀態。

光是族長突然進入戰鬥狀態就已經是個問題。

在他們的注意力被天上那些鳥吸引的期間，族長正在和某人戰鬥。

然而就在他們打算對應的瞬間，這次又換那些鳥擊倒外面的人，侵入了內部。

現場根本沒有一個蒼角族，能夠判斷該以哪邊為優先。

「嗯，這就是『指揮系統的差距』嗎？唔嗯嗯嗯嗯！」

和徹底失去指揮的蒼角族相比，雖說是迫於無奈，但透過少數精銳將指示傳達給所有人的帕哈洛・戴尼諾們，非常擅長和比自己強悍的敵人戰鬥。

此外雖然已經衰老，但曾經名聞遐邇的魔鳥將軍的實力，現在仍遠勝一般的蒼角族戰士。

卡米歐加上飛翔速度的斬擊，粉碎了四名上前迎擊的蒼角族的武器——

「喝啊啊啊啊啊啊！」

同時還順便切斷他們腳部的肌肉，剝奪他們的行動力。

「這裡已經沒問題了！去下一個地方！」

卡米歐在確認四人都倒地後，率領兩個編隊繼續往走廊深處前進。

儘管岩寨內的通道錯綜複雜，但在各處飛行的帕哈洛・戴尼諾們，一直都有透過卡米歐擅長的概念收發掌握彼此的位置，因此逐漸摸透了內部的地形。

「喂！那些鳥入侵城寨了！快準備近戰用的短槍……唔哇啊啊啊？」

另一方面，沒受到帕哈洛・戴尼諾們追擊的蒼角族們，則是面臨了其他的威脅。

「怎、怎麼了！發生什麼事情？」

被當成武器庫使用的房間，或是通往族長房間的走道陰暗處，總之就是各個平常不顯眼的地方，都接連發現了昏迷的蒼角族。

雖然這些蒼角族幾乎都沒外傷，但全失去意識，明顯是在無法抵抗的情況下被某人打倒。

當然這些都是撒旦和路西菲爾，在偷偷前往亞多拉瑪雷克房間的路上所制伏的人們。

即便這些數量絕對不算多，但因為手法明顯異於帕哈洛．戴尼諾族，所以在這項情報於幾乎失去統率的蒼角族間傳遞後，馬上就變質成有帕哈洛．戴尼諾族以外的入侵者殺害大批戰士的謠言，在城寨內的戰士間流傳。

「該、該不會現在正和族長戰鬥的就是……」

「能在不被任何人發現的情況下，殺害這麼多戰士的恐怖惡魔……」

儘管牛頭巨人們聚在一起慌張害怕的樣子非常滑稽，但位於城寨外圍各處的戰士們接連被帕哈洛．戴尼諾們擊敗，而族長也仍與某個不明人物戰鬥中。

「總、總之快去族長的洞穴！」

因此等平安無事的蒼角族們做出這樣的判斷，急忙趕去亞多拉瑪雷克的所在地時，城寨內已經有將近半數的戰士們被打倒了。

然後，對幾乎是逃進族長房間的蒼角族們出言恐嚇的——

「哇！你們是誰？現在正是精彩的時候，別來礙事啦！」

正是和一開始完全不同、已經露出好戰表情的路西菲爾。

許多人在看見那嬌小的身體和漆黑的翅膀，以及殘酷的表情後，就認出了路西菲爾的身分，然而他們還來不及對最強的流浪惡魔為何會出現在這裡這件事感到驚恐——

「喔喔喔喔？」

族長的洞穴就已經響起亞多拉瑪雷克本人驚訝的聲音。

然後蒼角族們看見了。

亞多拉瑪雷克那據說只有族長本人的魔槍能夠貫穿的魔冰鎧甲粉碎的瞬間。

將時間稍微往前回溯。

首先發動攻擊的，是撒旦這邊。

「喝啊！」

那是極為普通，利用魔力彈的攻擊。

撒旦從嬌小的十指發出光彈，但亞多拉瑪雷克連躲都不躲直接迎擊。因為根本沒有那個必要。

「你剛才有做什麼嗎？」

被撒旦的光彈直接命中的魔冰鎧甲，上面一點傷痕也沒有。

即使表面有稍微因為高熱而變色，也馬上就被新隆起的魔力之冰覆蓋。

「唉，我姑且算是有攻擊吧？」

撒旦露出僵硬的笑容，往後退了一步。

「那我也可以姑且攻擊一下吧？」

說完這句話後，亞多拉瑪雷克以與其魁梧身軀毫不相符的猛烈速度，將魔槍揮向撒旦。

「唔哇啊啊啊啊！」

撒旦透過往後跳躍，勉強躲過了這擊。然而即使順利躲開，槍尖產生的風壓仍讓他在空中失去平衡，誇張地跌了一跤。

「可惡！」

雖然撒旦為了避免在跌倒的瞬間遭到攻擊，而以不自然的姿勢射出魔力球，但那完全無法阻止亞多拉瑪雷克的腳步。

「只有這點程度，還敢來找我挑戰。」

聲音在撒旦的旁邊響起。

「別笑死人了！」

襲向撒旦的第二擊和第一擊的軌道一樣都是橫掃，但因為利用了第一擊的離心力，速度和力量都有壓倒性的提升。

「……這下死定了。」

路西菲爾正確地預測了兩秒後的未來。

從這時機來看，實在不可能躲得過。

路西菲爾和亞多拉瑪雷克都確信，這結合了亞多拉瑪雷克的強大臂力、魔槍硬度以及魔冰魔力的一擊，將粉碎撒旦嬌小的身體。

然而——

「嗯嗯喔啊啊啊啊啊啊啊啊啊啊啊啊！」

這聲音是從比戰斧揮下去的空間還要遠的地方傳來。

「嗯？」

沒想到對方居然還活著的亞多拉瑪雷克驚訝地睜大眼睛後，便發現流著鼻血的撒旦擺出用手抵擋的姿勢，浮在距離揮下去的槍尖有點距離的空中。

「好痛啊啊啊啊！」

撒旦掌中爆發出紫色的光芒，再度擊中亞多拉瑪雷克的鎧甲。

「哼！」

不過亞多拉瑪雷克果然還是毫不介意地任由撒旦攻擊，瞄準槍尖的方向揮出左拳。

即便這拳是揮向撒旦，但就連在遠處觀望的路西菲爾都能感受到風壓。

包含如此恐怖威力的拳頭，似乎從正面擊中了撒旦。

事實上，撒旦也的確被遠遠打飛，撞上牆壁。

「嗯？」

然而攻擊的亞多拉瑪雷克，卻表現出困惑的樣子。

「啊咿咿咿咿咿……」

「……還活著。」

路西菲爾發自內心感到驚訝。

在撒旦沒被第二槍打倒時，他還認為是奇蹟。不過亞多拉瑪雷克接下來揮出的拳頭，在時間點上明顯無法迴避，而實際上撒旦也真的被那拳正面打飛了。那拳蘊含了足以粉碎全身的骨頭，在撞上牆壁前就讓人喪命的威力。

「小鬼，你還真是會些怪招呢。」

「嘿，謝、謝謝，誇獎……痛痛痛。」

不過別說是粉身碎骨了，撒旦居然還當場站了起來。

雖然不知為何他的鼻、耳和側腹都有出血，但在那個亞多拉瑪雷克的攻擊下能只流這麼一點血，反倒還比較不可思議。

「喂，撒旦，你剛才……」

儘管撒旦平安無事也很令人驚訝，但路西菲爾卻向撒旦問了另一件剛才發現的事情。

「啊……你發現啦？意外地用得還不錯對吧？」

在被亞多拉瑪雷克的拳頭打飛之前，撒旦射出了紫色的熱線。

那是路西菲爾擅長的魔法。

「身體，也得再稍微，鍛鍊一下。用那個速度飛行，對身體，負擔很大。」

撒旦大口吐氣，開始再次將意識集中到手上。

「久等了，來，我們繼續。」

說完後，撒旦再次筆直走向亞多拉瑪雷克。

「……來吧！」

亞多拉瑪雷克第三次揮槍。

魔槍精準地配合撒旦突擊的軌道刺了出去。接著撒旦的視野突然遭到遮蔽。

「在我的槍技，魔冰傘面前，剛才那樣的小花招是行不通的。」

宛如巨大冰傘般的攻擊擋住了撒旦的去路。

當然，那並非單純將冰塊展開而已。對準撒旦的傘面長出無數冰刃，然後脫離冰傘一齊襲向撒旦。

「喔喔喔喔喔喔喔喔！」

即使面對多達數百支的冰刃，撒旦仍毫不畏懼。

「是這樣用吧！」

撒旦順著往前衝的力道，朝前方翻了一個筋斗，將單手抵在地面上。

接著下一個瞬間，彷彿一開始就埋在那底下般，撒旦居然從地面拔出了一把劍。

「那、那是什麼？」

「嗯？」

路西菲爾和亞多拉瑪雷克，都被撒旦的奇招嚇了一跳。

不過令人驚訝的還不只這個。

撒旦主動衝進大量的冰之短刀中，一面利用剛才生出來的劍擊落它們，一面就這樣開始朝亞多拉瑪雷克發動突擊。

「什、什麼？」

為了貫穿撒旦的身體，透過魔力驅動的數百支冰之短刀當然都是被以高速射出。

然而少年惡魔看穿了所有短刀的軌道，只受到一點擦傷，就突破了魔冰傘的結界。

「嘿！」

亞多拉瑪雷克因為驚訝而遲疑了一下，撒旦趁機再次朝魔冰鎧甲的胸口處發射路西菲爾的招式，紫光熱線。

亞多拉瑪雷克刻意無視這招，以槍柄擋下撒旦逼近後揮出的劍。

不過此時亞多拉瑪雷克又目睹了更驚人的事情。

「那、那把劍是……冰？」

看起來像劍的物品，其實單純只是用冰做成的棍子。

雖然同樣包含魔力，但和亞多拉瑪雷克的魔冰鎧甲相比，強度實在是天差地遠，就算被這種小棍子打中身體，也無法造成多大的傷害。

即使如此，亞多拉瑪雷克還是難掩驚訝。

畢竟亞多拉瑪雷克早已讓魔力遍及這個房間的冰與水，將這些東西納入支配。

至今這些冰從來沒被敵人干涉並奪取過。

「以第一次來說，算是做得不錯吧！」

撒旦在短暫的交鋒後，自己主動和亞多拉瑪雷克拉開距離，然後用自己的力量粉碎了剛才讓亞多拉瑪雷克驚訝不已的冰棍。

不過冰塊破碎後，並沒有當場落下或融化。

而是宛如守護撒旦周圍般飄浮在空中——

「上吧！」

然後襲向亞多拉瑪雷克。

那些冰彈只有撒旦拳頭的一半大小。即使打中也無法造成多少傷害。

然而撒旦至今已經使出不少出乎亞多拉瑪雷克的預料，令人驚訝的招數。

因此不再大意的亞多拉瑪雷克也沒小看這些冰彈，打算用槍擊落它們。

現場不斷響起金屬與冰碰撞產生的噪音。

「可惡！」

接著發出的聲音，是亞多拉瑪雷克的怒吼。

被槍粉碎的冰塊並未就此消散，而是直接襲向亞多拉瑪雷克的眼睛。

即使是宛如細微玻璃碎片的冰塊，因為上面仍殘留撒旦的魔力，所以要是打中眼睛可就不堪設想。

當然，由於亞多拉瑪雷克的肉體強度遠勝普通的蒼角族，因此如果冰塊上只包含撒旦這種程度的魔力，或許只要閉上眼睛就能防止冰塊對眼球造成傷害。

但亞多拉瑪雷克沒有這麼做。

就算只有一瞬間，如果不緊盯著撒旦，誰知道他又會使出什麼怪招。

亞多拉瑪雷克看著撒旦向後跳躍，拉開一大段的距離躲避冰塊的碎片。

「嘖……果然沒辦法那麼順利。」

撒旦因為計畫失敗而感到悔恨，但看在路西菲爾這個旁人的眼裡，即使只有一瞬間，光是能讓那個亞多拉瑪雷克主動後退，就已經是件值得驚嘆的事情。

雖然情況看起來是亞多拉瑪雷克被玩弄在股掌之中，不過論身上受的傷，明顯是撒旦比較

嚴重。

撒旦之所以在挨了剛才的橫掃和左正拳後還能活著，一定是因為他自己主動朝槍和拳頭的行進方向「飛翔」。

雖說不硬碰硬就能減少傷害，但那可是蒼角族最強的亞多拉瑪雷克所揮出的槍與拳頭。那力道根本無法完全化解。且光是追上飛翔的風壓威力，便足以為撒旦脆弱的身體造成傷害。

勉強自己的身體用亂來的速度飛行，也是一種會對身體造成極大負擔的行為。即使躲過了也無法免除傷害。那就是現在的亞多拉瑪雷克和撒旦，再怎麼樣都難以跨越的實力差距。

不過即使認識到這樣的實力差距，亞多拉瑪雷克還是主動拉開了和撒旦的距離。

撒旦讓這位巨人覺得如果不重整態勢就會有危險。

而最讓路西菲爾驚訝的，就是前幾天還不會使用飛行魔法的撒旦，居然在和亞多拉瑪雷克對決時飛翔這件事實。

「我有點太大意了。」

亞多拉瑪雷克說完後，輕輕揮動斧槍，重新補充因為魔冰傘消耗的水分。

「這些連我都沒看過的招式，還滿有趣的。」

「是嗎？能讓蒼角的首領這麼說，真是光榮。」

「不過既然一直出奇招，就表示你知道正面對決不是我的對手。」

亞多拉瑪雷克說完後重新擺出架式，用力吸了一口氣。

「遊戲結束了。我已經將你視為值得全力以赴的戰士。」

依照自己的宣言，亞多拉瑪雷克再次提升魔力，增加魔冰鎧甲的厚度。

「我不會再大意。你就好好見識一下我這個不輸鐵蠍族甲殼的最硬鎧甲吧！」

亞多拉瑪雷克的魔冰鎧甲包覆身體的範圍逐漸擴展。

王座大廳的氣溫瞬間下降，魔冰全被吸到亞多拉瑪雷克身上，宛如整套全身鎧甲般徹底覆蓋他巨大的身軀。

「呼嗚嗚嗚嗚嗚嗚！」

不只撒旦剛才瞄準的臉，原本必須抬頭仰望的牛頭巨人，搖身一變成了冰之巨人。

「要上囉！」

「喔哇哇哇！」

也不管從冰面罩底下發出的低沉聲音有沒有傳達到，亞多拉瑪雷克以不遜於剛才的速度逼近到撒旦面前。

即使如此龐大的身軀纏上如此密度的冰，他的速度還是完全沒有變慢。

撒旦急忙往旁邊跳躲避攻擊，但亞多拉瑪雷克輕輕用手朝撒旦逃跑的方向一揮。

接著彷彿亞多拉瑪雷克的手臂直接伸長了一般，地板上的冰生出銳利的冰柱突擊撒旦。

「可惡！」

撒旦以紫光熱線迎擊逼近自己的冰柱。

「嘖！」

軟弱的纖細光線，被透明度高的冰塊吸收、擴散，連冰柱的尖端都無法融解。

「唔哇、唔哇、唔哇哇哇哇哇哇哇哇！」

「別想逃！」

像是為了包夾拚命逃離冰柱的撒旦般，亞多拉瑪雷克巨大的身軀也以驚人的速度繞到冰柱的軌道前方。

「喔哇啊！」

撒旦慌張地發射熱線，但身上包了一層比剛才還厚的冰塊的亞多拉瑪雷克無視這記攻擊，將槍橫掃打算給予撒旦致命的一擊。

這次的動作比剛才小。撒旦的戰法雖然優秀，但他本人的體力和魔力都遠遠不及亞多拉瑪雷克。

既然如此，根本就沒必要使出全力的大動作。並非出於藐視或大意，正是這種剛好能夠殺死撒旦的力道，才能做出沒有破綻的確實攻擊。

撒旦也敏感地察覺亞多拉瑪雷克的意圖。

即使察覺，看在旁觀的路西菲爾眼裡，也不認為撒旦有辦法扭轉這個狀況。

背後是不斷逼近的魔冰冰柱，正面是亞多拉瑪雷克的魔槍。

陷入致命危機的撒旦採取的行動，就是再次放出熱線。

在撒旦使出的攻擊中，唯一沒有展現出任何效果，甚至無法吸引亞多拉瑪雷克注意的，就只有這個模仿路西菲爾使出的熱線攻擊，而熱線這次果然也無法對亞多拉瑪雷克的衝刺造成任何影響。

「你已經束手無策了嗎！受死吧！」

這是必中的時機。

不對，即使沒打中，亞多拉瑪雷克也不是那種簡單到能連續使用同一種閃躲方法來應付的戰士。

他充分地留意整個空間，無論撒旦怎麼閃躲，他都有辦法追蹤。

不過——

「我才不要。」

亞多拉瑪雷克完全沒想到，撒旦居然當場轉身背對他。

「什麼？」

嬌小惡魔出乎意料的舉動，讓亞多拉瑪雷克慢了一拍才反應過來。那個背影究竟是代表投降、逃避還是放棄呢，亞多拉瑪雷克在腦中思考所有可能。

然而撒旦的意圖並非當中的任何一種。

「唔！」

撒旦居然將自己的側腹部對準從背後逼近的冰柱，讓它貫穿自己的身體。

「什、什麼？」

「喂？」

這下就連旁觀的路西菲爾也大吃一驚，差點忍不住解開原本從容抱在胸前的雙手衝上前去，然而戰鬥仍在持續。

「好痛啊啊啊啊啊啊啊！」

即使痛得慘叫，撒旦仍用雙手緊緊握住貫穿自己的冰柱，就這樣開始往後飛——飛向亞多拉瑪雷克。

加上刺穿自己的冰柱推進力後，撒旦以出乎亞多拉瑪雷克預料的速度縮短兩人間距離，然後勇敢使出看起來是至今最沒有效果的「利用敵人從自己背後露出來的武器進行身體衝撞」。

亞多拉瑪雷克當然不會蠢到被自己放出的魔冰貫穿，認為這是撒旦苦肉計的亞多拉瑪雷克，試著改變冰的軌道。

「？」

但再次感到驚訝的仍是亞多拉瑪雷克。

冰的軌道確實改變了。不過改變的只限於冰椎的後半部。

只有貫穿撒旦身體那部分的冰發出尖銳的聲響與原本的冰柱分離，就這樣連同撒旦一起撞向亞多拉瑪雷克。

應該會按照亞多拉瑪雷克的魔力行動的冰柱前端，並未遵從亞多拉瑪雷克的意志。

「唔喔喔喔喔喔喔喔！」

即使身體被刺穿，撒旦依然發出咆哮。載運他身體的冰柱前端，完全沒減速就直接撞上亞多拉瑪雷克的身體。然後——

「騙、騙人的吧……」

路西菲爾吐出驚嘆之聲。

若只看外觀，亞多拉瑪雷克就像個父親般從背後抱住嬌小的撒旦。

包覆亞多拉瑪雷克的魔冰鎧甲，開始出現裂痕。

裂痕以撒旦的側腹部為中心，從亞多拉瑪雷克的胸部到背後繞了一圈，接著全身鎧甲一分為二，下一個瞬間，魔冰鎧甲便粉碎成宛如鑽石粉塵的細微碎片。

「怎、怎麼可能……」

亞多拉瑪雷克再次對發生的事情感到難以置信。

透過亞多拉瑪雷克的魔力聚集起來的冰，不可能這麼輕易就碎裂。

基本上在和撒旦的戰鬥過程中，無論是哪種魔法或劍都無法破壞魔冰鎧甲，亞多拉瑪雷克根本就不記得有承受過足以讓鎧甲裂成兩半的衝擊。

不過現實上，身材嬌小的撒旦光是在被冰柱貫穿的情況下撞擊亞多拉瑪雷克，就讓蒼角族族長的全身鎧甲裂開了。

「冰這種東西，只要有一個地方裂開就會變得很脆弱。」

等回過神時，亞多拉瑪雷克才發現癱倒在自己懷裡的撒旦正呻吟般的說明。

「只要仔細地持續攻擊同一個地方，最後再用和冰一樣，或是比冰更堅硬的東西用力打下去，輕易就能敲碎。聽說在某處，就有像這樣取冰，生活的生物。喂，亞多拉瑪雷克……你難道不想，見識一下，會做這種事的傢伙們嗎……？」

面對這過於驚人的情形，亞多拉瑪雷克和路西菲爾都跟不上狀況，而被來自外部的帕哈洛·戴尼諾族打得節節敗退的蒼角族戰士們，正好就在此時被逼進王座大廳。

「哇！你們是誰？現在正是精彩的時候，別來礙事啦！」

路西菲爾驚訝地轉向看似援軍的蒼角族戰士們。

「要是敢礙事，就由我來當你們的對手。現在正精彩，你們稍微安靜一下！」

明明什麼都還沒說，這下蒼角族們真的不曉得該怎麼應付突然出現的路西菲爾了。

不過當他們慌張地看向族長時，又正好目擊了魔冰鎧甲裂成兩半粉碎的瞬間。

蒼角族最強族長的鎧甲碎裂了。

而且從狀況來看，做到這件事的明顯不是路西菲爾，而是神祕的少年惡魔。

「你到底是用了什麼方法，干涉這個充滿我魔力的鎧甲。」

「呃……唔……就很普通地，用光、熱和楔子，加上一點，我的魔力……咳……」

撒旦痛苦地說道。

「只要細心地，讓熱線，擊中相同的地方，利用熱線產生溫度變化，再反復讓你以魔力重新凝結，這樣，就會只有那部分的，冰的密度，和其他地方，不同，再來，只要將楔子，用力打進裡面……嗯，楔子，就是這個。利用和剛才，做出冰棍相同的訣竅，將通過我身體的冰，變成我的東西……」

撒旦邊說邊敲打貫穿自己側腹的冰柱，然後再度因為傳到身體的細微振動皺起眉頭。

「再來就是，為了避免裂開的地方恢復，讓剛才，瞄準你臉的，咳，水滴，和我的血，潛入縫隙，進行干擾，喂，亞多拉瑪雷克。」

撒旦呼吸困難地仰望亞多拉瑪雷克。

「即使是只有垃圾般魔力的我……視戰法而定，也能和你戰鬥到這個地步……那麼，如果你能用比現在更精明的方式戰鬥，一定也能，更加輕鬆地應付鐵蠍。你們蒼角之名，將轟動魔界。既然你是族長，就別讓一族的人白死。喂，要不要和我，一起帶領大家，去見識，更偉大的事物……因為，我比你弱，所以如果不滿意，你隨時都可以，殺了我離開……」

「你這傢伙……」

亞多拉瑪雷克以和戰鬥時完全不同的平穩語氣，向嬌小的惡魔問道。

「打算利用我們消滅鐵蠍嗎？」

「……哈哈，唉，我不指望你能馬上明白……嗯，我很期待你們的力量，不過，並不是為了消滅鐵蠍……唔噗！」

雖然氣若游絲的撒旦還想繼續說下去，但貫徹全身的傷害還是讓他的肉體開始發出悲鳴。若再不進行適當的治療，撒旦恐怕很快就會喪命。

「喂，蒼角的老大，放開那傢伙吧。如果還嫌打不夠，我可以奉陪。」

「……路西菲爾。」

亞多拉瑪雷克移動視線，看向剛才沒幹勁的樣子已經不曉得消失到何處，明確表現出戰意的路西菲爾。

「坦白講，我直到剛才都還覺得怎麼樣都無所謂，但我現在真的對那傢伙產生興趣了。因為那傢伙似乎還會做出什麼有趣的事情，所以我希望他能活久一點。如果你拒絕，我就得對你使出威力比那傢伙還要強上幾百倍的熱線了。」

「……」

亞多拉瑪雷克沒有馬上回答，只是俯瞰著在自己懷裡吐血的嬌小惡魔。

此時——

「唔哇啊啊啊啊！」

「亞多拉瑪雷克大人！敵人來了！」

通往王座洞穴的走道，開始傳來戰鬥的聲音。

這表示帕哈洛．戴尼諾族已經幾乎鎮壓了整座城寨。

即使震懾於路西菲爾魄力的人們接連湧了進來，亞多拉瑪雷克果然還是毫不動搖。

「撒旦！路西菲爾！你們沒事吧！」

就在這時候，率領人數完全沒減少的編隊抵達這裡的卡米歐飛了進來。

「嗯？」

一發現撒旦全身是血地倒在亞多拉瑪雷克懷裡，卡米歐的眼神立刻充滿怒意，將劍尖指向亞多拉瑪雷克。

「蒼角之長！請你放開那個小鬼！如果還嫌打不夠，就由在下卡米歐來當你的對手！」

卡米歐以充滿老練氣魄的語氣，做出和路西菲爾完全相同的宣言，讓亞多拉瑪雷克又稍微動了一下。

「鼎鼎大名的魔鳥將軍卡米歐。這小鬼就是帕哈洛的隱藏王牌嗎？」

「哼，那種臭小鬼，根本就不適合當在下的族人。那個人……」

卡米歐將劍斜擺，開口說道：

「是改變魔界的可能性！」

「改變魔界……」

「雖然我們也還不知道他想怎麼改變，不過這座城寨已經和撒旦計畫的一樣，落入帕哈洛・戴尼諾族的手裡。而且恐怕幾乎沒出現任何死者。」

「居然有這種事。」

「這是那個小鬼的指示。他叫我們全力擊倒反抗者，但絕對不能殺人。」

亞多拉瑪雷克閉上眼睛。

「那就是『勝利的方法』嗎？」

年齡只有自己幾分之一的少年惡魔的話，重新在腦內響起。

「……那麼，這小鬼打算利用我的力量做什麼？」

卡米歐和路西菲爾忍不住交換了一個眼神。

即使是自己抵達的道路，他們的表情看起來還是覺得難以置信。

那個亞多拉瑪雷克，現在居然打算向撒旦投降。

「總而言之，只要有你們在，就能正面和鐵蠍對峙。」

像是就在等這句話般，原本重傷瀕死的撒旦用力睜開眼睛喊道：

「喂，亞多拉瑪雷克，還有卡米歐跟路西菲爾，你們全都比我強。我曾經跟他們兩個說過不滿意的時候，可以隨時殺掉我。你也可以這樣做。所以，就只有現在……」

撒旦像是真的快吐出血般，對牛頭巨人吐出包含了靈魂的話語。

「和我一起去玩吧。」

就在這個瞬間，亞多拉瑪雷克和蒼角族，決定按照撒旦·賈克柏的意思行動。

※

「所以在下不是說過現在時期尚早！」

「囉嗦！你沒聽過兵貴神速嗎！」

「什麼神速！到哪裡去找那種士兵！」

「你終於老人癡呆了嗎？腦袋沒問題吧？我們不是已經獲得這麼多從來沒看過的兵力了！」

「閉嘴！這根本就不能稱作兵力！只是人數而已！在下還以為你流過血後會冷靜一點，沒想到你這臭小鬼居然變得更血氣方剛！」

「吵死了，癡呆老頭！小心我現在就讓你的時代結束！」

「很敢說嘛，小鬼！就憑你那個身體也想反駁在下，還早了一百年啊，臭小鬼！」

「你說什麼！」

「怎樣！」

「…………那是怎麼回事。」

「其實那算是滿常見的景象。」

撒旦和卡米歐那怎麼看都是在吵架的低水準爭論，讓亞多拉瑪雷克原本就渾圓的眼睛睜得更圓了。

不過這對路西菲爾來說，是最近早就已經看膩的景象，因此並未特別在意。

地點是蒼角族的岩寨。

在亞多拉瑪雷克和撒旦展開激戰的族長洞穴，撒旦、卡米歐、路西菲爾和亞多拉瑪雷克正在一起討論今後的方針，但明明和亞多拉瑪雷克戰鬥時的傷還沒好，撒旦就已經急著想和鐵蠍族一戰，因此卡米歐正全力阻止他。

對撒旦的話和他用來彌補實力的戰略感到佩服的亞多拉瑪雷克，決定答應撒旦「一起玩的邀約」，就在這個時間點，堪稱撒旦夥伴的勢力瞬間增長為過去的五倍以上。

雖然帕哈洛．戴尼諾族原本就有約五百名的戰士，在路西菲爾之前吸收的流浪惡魔也有一百多名，但蒼角族光是戰士就多達四千人。

由於路西菲爾和亞多拉瑪雷克都算是能夠以一敵千的強大戰力，因此無論是魔力總量還是軍隊人數，無疑都達到了相當罕見的規模。

當然，撒旦的勢力也包含了各個種族的非戰鬥人員，但身為魔界的惡魔，他們早就做好在最壞的情況下必須用劍和魔力戰鬥的覺悟。

不過一旦人數增加到這麼多，自然也會產生一些弊害。

「聽好了，小鬼！你現在之所以還活著，單純只是因為路西菲爾和亞多拉瑪雷克大人都是講理的惡魔喔？坦白講若純粹只看力量，你現在甚至還不如蒼角的小嘍囉！你連這種事情都不知道嗎！」

「那又怎麼樣！下次和鐵蠍族作戰時，我不會再跟這次一樣突然找對方的首領戰鬥，我不是都跟你說明過了嗎？亞多拉瑪雷克也答應了！要讓我指揮所有聚集在這裡的惡魔。」

「唔，嗯。」

撒旦突然將話題丟到亞多拉瑪雷克身上，後者忍不住點頭。

撒旦的下一個目標，當然就是與蒼角並列魔界北邊巨大勢力的鐵蠍族。

事到如今，卡米歐和路西菲爾都已經猜到撒旦的目的不是殲滅，而是懷柔敵人。

不過現在，應該說卡米歐確信正因為是現在，所以才無法辦到那種事。

「你看！既然亞多拉瑪雷克都這麼說了，蒼角族一定也……」

「你這個笨蛋！」

卡米歐乾脆駁斥撒旦的意見。

「依賴亞多拉瑪雷克的威勢又能怎樣？路西菲爾和亞多拉瑪雷克大人都只是對你創新的想法有興趣而已，並非真的歸順我等！只是你所說的『同盟』盟約者而已！」

「嗯、嗯？」

「要是蒼角的人在關鍵時刻說不想聽從你的指揮怎麼辦？雖然你贏了和亞多拉瑪雷克大人的比試，但那也只是亞多拉瑪雷克大人願意這麼認為而已，絕不代表你的力量真的勝過他！」

「是、是這樣沒錯啦……」

「在下也不吝於承認你的頭腦機靈！不過！底下的軍隊愈多，就愈需要強大的力量統率。你說過接下來要建立『組織』吧！不過憑你這種軟弱惡魔的統率力，有辦法自由指揮五千名惡魔和兩萬名鐵蠍戰鬥嗎？」

說到這裡，撒旦也開始理解卡米歐的擔憂。

「啊～原來如此，你這麼說也對。」

「將帥的軟弱會直接反映成全體的軟弱。這和統率長年接受在下指揮的帕哈洛．戴尼諾族可不一樣。你不惜將鐵蠍牽扯進來，應該是有什麼目的吧？那麼現在就是該培養實力靜待機會的時候！以你現在的實力，根本就不足以徹底發揮你的智慧！」

「……」

難得辯輸卡米歐的撒旦雖然撇起嘴巴，但就只有這次，卡米歐的意見獲得了贊同。

「唉，老頭說的話也有道理。」

「路西菲爾！在下不記得有允許你叫在下老頭……！」

「撒旦，你在差點被亞多拉瑪雷克的槍擊中時，有說過因為無法承受自己飛行的速度而受到傷害吧。那樣可不行啊。再怎麼說也太遜了。」

撒旦在被指出迴避亞多拉瑪雷克第一槍時的事情後，再度陷入沉默。

「唔唔唔……」

「嗯，那麼我也來說幾句吧。無論經過多麼縝密的計算，抱持可能一死的覺悟進行反擊，在戰鬥中還是下下策。至少那並非領導者該採取的行動。」

亞多拉瑪雷克應該是在說撒旦讓冰柱貫穿自己，藉此破壞鎧甲的那道攻擊吧。

一次被三人指出三個不同的過失，讓撒旦頓時啞口無言。

「喂，我想問你一件事。」

「……怎樣啦。」

路西菲爾向陷入沉默的撒旦問道。

「你什麼時候開始會飛的？」

「……啊？」

「還有那個熱線。那是我的招式吧？這到底是怎麼回事？你在來這裡之前，到底做了什麼？」

「……喔，那件事啊。」

雖然撒旦因為講輸三名大惡魔而有些鬧彆扭，但因為理解路西菲爾的問題某方面算是在讚賞自己，因此他也得意地回答：

「只是試著模仿看看而已。透過觀察、實際體會和感受，在自己腦海裡反復進行各種嘗試後，就會發現飛行意外地簡單。不過熱線的威力，應該比路西菲爾用的要弱很多……」

「你說模仿其他部族的魔法？」

對這個答案表示驚訝的，是亞多拉瑪雷克。

「那我問你，該不會你在和我戰鬥時使用的冰之棍術……」

「喔，那個啊，因為你使出了很厲害的招式，所以我才想試著模仿看看。雖然我本來是想做出鋒利的劍，但光靠有樣學樣，果然還是無法做得漂亮。」

「……那種事情，有可能做得到嗎？」

「唉，不過這傢伙實際上就真的做到了……雖然我也沒聽說過這種事。」

亞多拉瑪雷克和路西菲爾，都對自己活過的年歲有一定的自負，不過他們似乎也沒見過像撒旦這種擅長模仿的惡魔。

「這個小鬼真的從小就和在下進行過各種練習。或許他特別擅長向別人學習也不一定。」

惡魔教導其他的種族。

雖然這很自然地發生在撒旦和卡米歐之間，但這種事在魔界卻是前所未有的奇蹟光景。

而撒旦打算再度引發這個奇蹟。

「對了！喂！我已經厭倦卡米歐的指導了，趁這個機會，就由你們兩個來教我戰鬥的方法吧！」

「「啊？」」

路西菲爾和亞多拉瑪雷克同時驚訝地喊道。

「什麼叫做厭倦在下的指導啊，你這個臭小鬼！」

卡米歐再度激動起來。

真要說起來，亞多拉瑪雷克和路西菲爾都不像卡米歐那樣徹底支持撒旦。

而距離亞多拉瑪雷克口頭答應和撒旦聯手，也還不到兩天。

「……嗯，說不定這樣也好。」

「「咦？」」

所以當亞多拉瑪雷克意外地表現出積極的反應時，這次便換路西菲爾和卡米歐一起發出驚訝之聲。

「即使只是形式上如此，但我蒼角族這次終究是敗給撒旦。然而在蒼角族中，還是有很多人認為我並非輸給撒旦，而是敗在卡米歐大人和路西菲爾的力量之下。」

「話說回來，我從剛才開始就感到很在意，為什麼你們兩個都只對我直呼姓名？」

路西菲爾微不足道的疑問，就這樣當場遭到忽視。

「不過要是被人知道以後將負責『指揮』的人，換句話說就是打敗我們的其實是個軟弱的惡魔，或許確實會招致不滿與叛離也不一定。」

亞多拉瑪雷克點頭肯定自己的話，然後慵懶地起身。

「要是將來命令我亞多拉瑪雷克和蒼角族的男人這麼弱，那也滿令人困擾的。必須想辦法讓他變強才行。」

「啊~這麼說來，我也有點在意這傢伙明明很弱，卻還動不動就對我大放厥詞呢。」

「喂、喂，你、你們兩個？」

亞多拉瑪雷克和路西菲爾莫名銳利的眼光，讓撒旦稍微退縮了一下，此時又有另一道新的視線射向撒旦。

「嗯，反正這傢伙都說已經厭倦在下的指導了，而且他最近好像也因為過得太順遂變得有點囂張。看來暫時將這臭小鬼交給兩位指導似乎也不錯。」

「卡、卡米歐？」

「哎呀，放心啦，我們姑且對你將來要做的事情還有點興趣。」

「我們不會殺死你。頂多讓你瀕死而已。」

「咦咦咦咦咦咦咦咦咦咦咦咦咦咦，等一下，至少先等我的傷治好……！」

「你剛剛才說要順勢進攻鐵嶮吧？沒問題啦。」

「路西菲爾說的沒錯。我想想，先找幾個因為在之前的襲擊輸給帕哈洛，而懷恨在心的傢伙來好了。」

「喂喂喂喂喂喂喂喂喂喂喂喂！」

卡米歐拍著翅膀，目送撒旦被一大一小的身影拖去岩寨的某處。

「那麼……既然都被亞多拉瑪雷克大人稱作魔鳥將軍了，在下也該做出一點成果才行。」

說完這句話後，卡米歐叫來約二十名帕哈洛・戴尼諾族的戰士，帶著他們消失到某個地方去了。

※

「沙塵荒野的流浪惡魔？」

陰暗的洞穴深處，響起一道確認般的低沉聲響。

「是的。路西菲爾的身影突然消失了。而且他還打倒了幾名我等鐵蠍戰士團的成員……」

「他飛到其他地方去了嗎……」

「因為最後和他接觸的成員已經全滅，所以無法得知詳情……咳，啊，族、族長……」

剛剛還在報告的年輕鐵蠍，突然露出痛苦的表情。

一股由魔力造成、令人窒息的緊張感，支配洞窟的黑暗。

「你特地跑來這裡，就是為了傳達這種無關緊要的事情嗎？」

「不、不是，那、那是，那個，啊、啊啊啊……咳……呼、呼！」

就在這個瞬間，充滿洞窟的魔力消失了。

報告的年輕聲音，像是從某種強大的力量獲得解放般大口喘氣，然後向下達命令的聲音答道：

「報、報告！那個，我們在最後觀察到路西菲爾魔力的地點周圍，發現了奇妙的痕跡。」

「……？」

「那是一道足跡。有個既不是我們，也不是蒼角族的足跡，從南方一直延伸到路西菲爾所在的沙塵荒野。」

「沙塵荒野的南方……是在巨岩築巢的魔鳥們的土地嗎？」

「是的。雖然足跡的形狀明顯和帕哈洛．戴尼諾族不同……」

「路西菲爾投靠魔鳥他們了嗎？」

「小的知道這很難以置信，不過還是判斷這項動靜應該向族長報告。」

「……我會記住。退下吧。」

「是！」

在黑暗中，一道銳利得像刀刃的男性聲音，命令年輕的報告聲退下。

「那個暴徒真的有可能投靠其他部族嗎……？」

被稱為族長的男子，從陰暗的洞穴裡懶散地起身，接著他的身體輕輕浮起，從洞穴裡的天井移動到外面。

在強風呼嘯的山脈中有座特別高聳的紅色山峰，從那裡現身的族長，是個四肢和臉部都被

宛如黑鐵的皮膚覆蓋，擁有兩條分岔尾巴的頎長男子。

他那筆直凝視山間強風的眼睛，流露出和鋼鐵皮膚一樣冰冷的銳利視線。

那道視線朝向比山麓斜坡還要遙遠的遠方。

就在這瞬間，他覺得自己看見了原本應該看不見的景色，聽見了原本應該聽不見的聲音。

「唉，算了。」

他露出完全感覺不到溫度的笑容，點頭說道。

「無論魔界如何變動，能站到最後的都是我。」

男子擁有壓倒性的魔力和武力，以及普通惡魔沒有的知性，這位統率魔界北邊最大的豪族——鐵蠍族的族長，名叫艾謝爾。

魔界變動的氣息逐漸逼近自己和族人，這讓他感到更加振奮。

※

二十年的歲月，對惡魔來說絕對不算長。

地球所說的一年，和魔界惡魔所認知的時間循環方式之間，存在極大的差異，這是因為會計算或紀錄日子的惡魔原本就不多，對他們來說有意義的，頂多就只有今天、昨天和明天。

除此之外，就只有很久以前，或是明天之後。

之所以沒有遙遠的未來，是因為思考這件事情沒有意義。

當比自己強的敵人出現在面前時，就是自己的死期。

若情況允許，惡魔當然也不想死，因此相同部族的惡魔們才會聚在一起，共同思考抵禦外敵的方法，然而究竟會不會有成果，還是要等實際遭遇敵人後才會知道。

敵人也很拚命。

自己對敵人來說也是敵人。彼此都為了不被殺掉而竭盡全力，拚命廝殺。

為了更加確保自身的安全，最後獲勝的一方必須殺光眼前所有的敵人。

因為如果不這麼做，眼前這些還活著的敵人，將會全部跑來殺害自己。

在誰也沒去計算的漫長歲月中。在持續發生這種事情到讓人覺得計算也沒意義的魔界裡。

就只有運氣好到戰勝所有的敵人存活下來，現在被當成豪族聲名遠播的惡魔們。

或是被稱為流浪惡魔，只能持續和倖存的少數同胞過著不斷流浪生活的惡魔們。

然而，在魔界全境中被區分為「北邊」，一塊被沙塵、巨岩與岩山支配的廣大土地上，即將誕生一個顛覆魔界過去所有常識的嶄新「部族」。

「哼！」

「嗯唔唔唔！」

「喂，在這裡！」

正被三名蒼角族戰士包圍的，是只拿著一根脆弱木棍的撒旦。

相較之下，蒼角族的戰士們全都拿著金屬製的長槍，再加上雙方體格上的差距，任誰來看都只會覺得是一場私刑。

然而撒旦只靠一根木棍，就輕鬆架開了三名蒼角族難以預測、聯手刺出的槍尖。

「喔，嘿咻！」

「咿啊！」

就在其中一人的長槍稍微陷入撒旦木棍的瞬間，持槍者的身體發出微弱的光芒，當場發出奇妙的叫聲倒下。

「喔喔？用木棍使出電擊？到底是怎麼做到的？」

「大概是趁對方注意木棍時，在不碰到木棍的情況下於周圍纏上魔力的電擊吧。」

明明已經有一名同伴倒下，剩下的兩人卻還在悠哉地分析。

於是外側傳來另一道看穿這點的怒吼聲。

「你們今天又輸啦！這樣就會從三人組被降為四人組喔！」

「是、是的！族長！」

「可惡！我們怎麼可能贏得了族長親自訓練過的對手啊！」

即使因為被猛烈的訓斥而淚眼盈眶，兩名蒼角族仍重新面對撒旦。

「嘿……喔！」

「噗唔！」

沒放過這因為細微動搖產生的破綻，撒旦的木棍前端擊中其中一人的太陽穴，明明看起來沒用什麼力，但衝擊還是穿過厚實的肌肉抵達內臟。

最後一名蒼角族試圖從撒旦背後發動攻擊。

「啊！」

「好，是我贏了！」

然而撒旦完全不用看，就準確地將魔冰之刀抵在蒼角族的脖子上，讓對方因為這股殺氣變得無法動彈。

「唉……怎麼會這麼難看。」

遠處傳來半分驚訝，半分佩服的聲音，戰場的緊張感也瞬間消散。

「你們……真是太沒用了。這樣還算是蒼角族的戰士嗎！」

盤腿坐在離撒旦和三名戰士有段距離的地方，觀看這場比試的亞多拉瑪雷克緩緩起身。

「族、族長，雖然您這麼說，但這傢伙真的很強！」

被魔冰之刀封住行動的戰士，流著冷汗當場坐倒在地。

「以前……明明還贏得了……但最近……完全……」

「…………………唔嗯。」

太陽穴被擊中的戰士呈大字形倒在地上發出呻吟，被電擊打倒的戰士則是尚未恢復意識。

「因為我也討厭一直輸啊！」

另一方面，撒旦解除冰刀，輕輕將木棍立在地上，然而此時響起的聲音和重量，明顯不是木頭的材質。

「那、那個聲音……」

「啊，這個嗎？」

撒旦得意地將棍子現給倒地的男人看。

「這是偽裝成木棍的魔冰之棍。只要武器看起來很弱，就能讓對手大意對吧？」

「唔……」

「真是的。」

被戳到痛處的年輕戰士憤怒地咬牙，亞多拉瑪雷克則是對徹底中了撒旦計謀的部下感到傻眼。

「你們要是再不爭氣，我們蒼角族可真的會落入這個小鬼手中喔。還不給我振作一點！」

「可惡！下次，下次我絕對不會輸！」

「是、是……」

「……………………唔嗯。」

三位年輕戰士離開後，撒旦用力吐了口氣。

「別太責備他們啦。他們已經很努力了。」

「我以前都不知道自己的族人居然如此窩囊。」

撒旦出言袒護打輸的三人，亞多拉瑪雷克卻一臉沉痛地搖頭：

「要不是有你在，或許蒼角族十年前就滅亡了。要是再這樣下去，或許又會重演那天的惡夢。我已經不想再看見老兵們無法確實與鐵蠍們交鋒，只能單方面被殘殺的場景了。」

「嗯，說得也是。」

剛才充當撒旦對手的三人，在蒼角族中算是比較年輕的戰士。

亞多拉瑪雷克說的十年前，同時也是撒旦和亞多拉瑪雷克締結同盟的十年後。

蒼角族面臨了瀕臨滅亡的危機。

「那些傢伙真的很強呢……」

撒旦回想起十年前的事情。

蒼角族和鐵蠍族初次的直接對決，根本就無法稱作是戰鬥。

蒼角族的戰士們，被鐵蠍族單方面的虐殺。

若那場戰爭和歷來的魔界戰爭一樣，是投入所有戰力的部族間抗爭的最終決戰，那蒼角族恐怕會只剩下亞多拉瑪雷克一個人，然後就此滅亡。

戰敗的原因有很多。

當時的蒼角族，還無法理解撒旦和帕哈洛．戴尼諾族帶來的「同盟」概念。

就算有能夠理解的人，也反對將豪族族長亞多拉瑪雷克和魔鳥將軍與無名的少年惡魔視為對等的存在。

反對分子和「被外人變得沒骨氣的族長」亞多拉瑪雷克分道揚鑣，擅自率領眾多戰士與鐵蠍族開戰。

不過最主要的原因，還是鐵蠍族作為「軍隊」的強悍。

鐵蠍族戰士個體的實力，其實並沒有什麼過人之處。

雖然以擁有魔界最硬皮膚、防禦力極高的部族聞名，但他們並不會使用什麼特別的魔法。

而鐵蠍族比其他任何人都清楚這點。

鐵蠍族的戰鬥，是經過統率、極為組織化的行動。

並非讓戰士自行尋找敵人戰鬥，而是由指揮官在戰鬥的場所和場面指示對手，然後那個指揮官背後又有更上位的指揮官針對大局作出指示。

鐵蠍族的戰鬥，就是這種戰鬥。

當發現部下失控的亞多拉瑪雷克，和撒旦與卡米歐一起率領剩下的年輕戰士們前往援助時，一切都已經太遲了。

提倡英勇殺敵、腦袋只想著擊潰眼前敵人的蒼角族，最後反遭鐵蠍族有組織的「作戰行動」殲滅。

就像大象被小型的肉食動物纏住、拉倒般，別說是一人擊倒五人了，甚至還不斷出現被三十人包圍，一個人都無法打倒的戰士。

撒旦曾經擔心並向亞多拉瑪雷克提出建言的事情，居然真的發生了，而更讓蒼角族感到顫慄的，則是鐵蠍族利用念動魔法進行的「砲擊戰」。

鐵蠍族不僅將無數岩石當成砲彈使用，那些砲擊還完全沒有停止的時候。

每個惡魔的魔法當然都有極限，如果不是突變個體，也無法持續利用魔力球發動攻擊，但鐵蠍族的岩石砲彈完全沒有這些問題。

因為援軍一到，鐵蠍族就馬上轉為撤退戰，所以撒旦未能詳細分析他們的戰鬥方式，但他們應該至少連續進行了約二十分鐘的廣範圍岩石砲擊。

因為被這個堪稱念動砲擊的攻擊直接命中而死的戰士不在少數，在今後與鐵蠍的戰鬥，也必須針對這個岩石砲擊思考對策才行。

總而言之，在和各方面都非同小可的鐵蠍族戰鬥過後，蒼角族不僅損失大批戰力，還被迫

在完全無法反擊的情況下撤退。

不過在徹底殲滅敵人之前，鐵蠍族當然不會就此罷休。

雖然鐵蠍族一直進攻到蒼角族根據地的岩寨，但幸虧觀察過戰場狀況的撒旦想出某條計策，蒼角族倖存的戰士才成功逃過了鐵蠍族的猛攻。

「唉，雖然我們也因此被迫逃到這個偏遠之地。」

「這不算什麼啦，岩寨只要再搶回來就好。雖然我是第一次離開祖傳的土地，但在和你一起生活過後，我開始覺得這樣也好了。」

為了逃離鐵蠍族的追擊，他們放棄了撒旦和亞多拉瑪雷克相遇的蒼角族根據地，也就是位於荒野西邊的岩寨。

撒旦想出的策略，是特地開放岩寨的入口，讓敵人警戒裡面的埋伏，再趁機從別的通道逃跑，這在「天空對面的世界」似乎是被稱作空城計。

雖然就結果而言是慘敗，但因為空城計奏效，所以他們也得知鐵蠍族內有「聰明到會中這種計」的惡魔。

鐵蠍族內有性質和亞多拉瑪雷克與卡米歐完全不同的「將領」或「領導者」，並採取了組織性的戰略。

而那個惡魔，正是撒旦若想完成自己規劃的未來野心，絕對不可或缺的重要拼圖。

「下次對方可不會再大意囉？」

「我知道。畢竟對方也知道我們這邊有你這種會使用『計謀』的人了。」

亞多拉瑪雷克的回答，讓撒旦佩服地點頭。

「喔，你很清楚嘛。」

「只要和你生活過，就算不願意也會知道。我好歹也是蒼角的首領。」

亞多拉瑪雷克不屑地說道。

「而且那個可惡的鐵蠍首領艾謝爾欠了我們不少帳。下次非得贏過他才行。我很仰賴你喔。」

說完後，亞多拉瑪雷克拍了一下身材已經遠比二十年前高大的撒旦肩膀，轉身離開。

勉強逃過鐵蠍族猛攻的蒼角族，目前正待在路西菲爾以前大鬧過的荒野裡，一個靠近大湖的岩山內的天然洞窟。

亞多拉瑪雷克的魔法關鍵是水，這裡不僅有豐富的水源，洞穴和岩山也能充當天然的要塞，但他們總不能一直躲在這裡。

不用亞多拉瑪雷克提醒，比二十年前還要成長許多的撒旦，下次也完全不打算敗給鐵蠍。

曾經和路西菲爾差不多高的撒旦，這二十年來身高已經成長到路西菲爾的兩倍。

雖然不及蒼角族這種天生魁梧的種族，但以撒旦出身的黑羊族來說，這已經算是相當高大

的體格了。

少年惡魔撒旦雖然年輕，但現在已經是具備大將之風的出色戰士。

「喂～撒旦。」

然後，路西菲爾像是接替亞多拉瑪雷克般來到這裡。

「喔，路西菲爾。」

「……你是不是又長高啦？」

「誰知道？我自己也不是很清楚。」

「真氣人。前陣子明明還跟我差不多高。」

「你說的前陣子，是二十年前的事情吧。」

「對我來說，二十年前就跟前天沒什麼兩樣。雖然你好像忘了，但我可是比你年長許多喔。」

路西菲爾不悅地看向視線已經遠比自己高的撒旦。

「先不管這個，我照你吩咐的去做了，這樣真的好嗎？亞多拉瑪雷克和卡米歐知道嗎？」

「你覺得他們會知道嗎？反正就算和他們商量，最後也一定會被阻止。」

「……我說啊，這樣會被他們罵的可是幫你忙的我耶。」

「不好意思總是這麼麻煩你。晚點我會跟他們好好說明。」

「就算你晚點跟他們說明，最後還不是跟平常一樣，是我們兩個一起被罵！真是的！那個臭老頭，要不是為了飛龍，我真想早點送他下地獄！以他那種年紀，明明就算什麼時候死都不奇怪！」

「……唉，這麼說也沒錯。」

撒旦敷衍地應付路西菲爾的抗議。

路西菲爾說的飛龍，是指卡米歐從二十年前開始準備的坐騎體制。

被稱為飛龍，能夠飛行的巨大蜥蜴魔獸，不僅能一次載運大批魁梧的蒼角族戰士，也能從空中對地上發動攻擊，為了獲得這種機動力，卡米歐開始馴養這種生物。

雖然撒旦也不是沒有飼養野獸的想法，但居然特地挑選性格凶暴的飛龍並成功地馴服，只能說真不愧是熟悉天空的帕哈洛．戴尼諾族。

卡米歐現在，正在將飼養飛龍的方法傳授給蒼角族，並負責挑選能夠控制飛龍在天空飛的戰士。

為了迴避在十年前的戰鬥中，敵人利用念動魔法毫不間斷地發射的岩石砲彈，這個飛龍的力量被認為是相當重要的關鍵。

因為明白這點，所以就算被力量不如自己的卡米歐責備，路西菲爾也得壓抑用暴力反抗的衝動。

「唉，接下來要做的事情，同時也是用來解決這些問題的布局。你就再忍耐卡米歐的責罵一陣子吧。」

「什麼，意思是等解決完你現在策劃的事情喔，就可以殺掉卡米歐嗎？」

「不是啦，笨蛋。」

卡米歐的力量，現在相對地算是變弱。

年齡當然也是一大因素，但主要還是因為在鍛鍊撒旦的名義下，不只許多蒼角族和帕哈洛·戴尼諾族的戰士，就連亞多拉瑪雷克和路西菲爾的力量也相對提升了。

不同種族在不互相殘殺的情況下磨練彼此的技術，拜這個魔界史上從未出現過的狀況所賜，在敗給鐵蠍的十年後，撒旦、卡米歐、路西菲爾和亞多拉瑪雷克率領的惡魔們實力突飛猛進，並吸收了更多的流浪惡魔和弱小部族。

當然成長最多的撒旦，力量和二十年前完全不能相比，現在的他已經成長到如果是一對一，甚至能和亞多拉瑪雷克與路西菲爾戰得平分秋色的程度。

換句話說，這也表示撒旦的力量在不知不覺間超越了卡米歐。

即使劍術方面仍是卡米歐略勝一籌，但這恐怕也維持不了多久。

然而，卡米歐現在承受的負擔卻很大。

就連老手們都認同的魔鳥將軍，正利用經年累月培育出來的豐富知識與魔法，對眾多惡魔實施「教育」，而且目前這方面的工作全都是由卡米歐一個人承擔。

一旦發生戰爭，卡米歐恐怕也必須親赴戰場，指揮帕哈洛・戴尼諾族和騎乘飛龍的戰士。

路西菲爾只要沒被嚴格命令，就只會在有興趣的時候行動，亞多拉瑪雷克對事物的理解，也不像卡米歐那樣深厚。

或許是因為少年惡魔的形象太過強烈，就連被許多強者承認的撒旦，在末端的惡魔們中多少還是有點被瞧不起。

總而言之，以蒼角族為中心的撒旦・亞多拉瑪雷克同盟軍，這個包含眾多惡魔的團體之所以能夠成立，很大程度上都是多虧卡米歐在背後的支持。

「看來得想點辦法才行。」

雖然卡米歐的力量在未來也會愈來愈重要，但如果讓一個人獨攬太多重要事務，萬一那個人發生了什麼事，恐怕會產生難以想像的混亂。

「現在連起跑點都還沒站上去，得想辦法讓老頭活得長壽一點。」

此時像是計算好了般，話題的主角卡米歐也來到了這裡。

「喔，撒旦，真是碰巧。就在剛才，之前提到的飛龍已經完成調整。在下正打算請你去試騎呢。」

「喔喔！還真的是很碰巧呢。」

「什麼？」

「快點讓我騎騎看吧！」

「嗯、嗯？算了。雖然只是試作品，但你說的『騎墊』、『韁繩』和『腳鐙』也都新裝上去了。」

「好耶好耶！」

撒旦像是期待已久般，催促著卡米歐趕到飛龍底下。

雖然路西菲爾不知為何對那身影產生不好的預感，但無事可做的他，還是不自覺地跟在兩人後面。

「喔喔，感覺牠的色澤也變好了呢。」

在那裡待命的飛龍漆黑的鱗片，反射出紅色的太陽光，看起來個性凶暴的頭部上長了無數利角，而底下的眼睛正瞪向撒旦。

「因為牠有脫皮過一次。在下按照你的吩咐，試著改變了餵牠的飼料。」

被稱為飛龍的魔獸，是一種長了巨大翅膀的巨型蜥蜴，在撒旦等人占據的魔界北邊，是一種分布得非常廣泛的魔獸。

飛龍有獵食其他魔獸或魔蟲的傾向，在生態方面，並不像惡魔那麼依賴大氣中的魔力。當然飛龍就算不吃東西也活得下去，不過目前已經確定只要給牠食物，成長的速度就會變快，所以卡米歐正在研究如何調配飼料。

「你還記得怎麼騎吧？」

卡米歐將鱗片顏色變漂亮的飛龍轡繩交給撒旦。

「那還用說！嘿咻！」

撒旦跳上飛龍的背，開始使用新的騎墊與腳鐙。

從岩山半山腰的洞穴出去後，是一塊寬廣的平地，由於構造上適合讓身軀龐大的飛龍起降，因此這裡以後應該也會被當成飛龍的起飛場吧。

「嘿！飛吧！」

在撒旦的號令下，飛龍發出一聲嘶吼，拍動翅膀飛上紅色的天空。

「喔！感覺比之前還快呢！這還真是不錯！」

包含撒旦在內，在實力堅強的惡魔中，有些人宛如理所當然般的擁有獨自飛行的能力。

不過由於遠距離飛翔會消耗大量的魔力與體力，因此就算是對會使用飛行魔法的惡魔而言，飛龍在戰場上應該還是能被當成重要的交通工具利用。

「唉，我是不需要啦。」

「怎麼啦，路西菲爾。只要跟在下說一聲，在下也能幫你養一隻小型飛龍喔。」

「不需要。如果不是用自己的力量飛，感覺會很噁心。」

「嗯，這點在下也不是不能理解……喂～撒旦！差不多可以了吧！在下還要再調整器具的狀況，你先下來吧！」

卡米歐對在天空飛舞的飛龍大喊，但撒旦不知為何看起來完全不打算降落。

「……等等，那傢伙該不會……」

路西菲爾見狀，馬上產生不祥的預感。

而那個預感五秒後就實現了。

「喂……喂，撒旦，你要去哪裡？」

撒旦讓飛龍嘶吼一聲後，便直接朝東南東的天空飛去。

留下傻眼的卡米歐，以及受不了似的將手抵在額頭上的路西菲爾。

「……喂，路西菲爾。」

「……什麼事？」

「你剛才說了『那傢伙該不會……』，這表示你知道撒旦打算做什麼吧。」

「都一把年紀了，聽力居然還這麼好……真是的。」

路西菲爾困擾地搔著頭，指向撒旦飛走的方向。

「那傢伙接下來要去見艾謝爾。」

「………………………………………………什麼？」

在這個瞬間，路西菲爾從卡米歐的表情看見了魔鳥將軍昔日的身影。

「呃，我昨天不是一整天都不在嗎？那傢伙叫我去鐵蠍的領地跟他們說，我們的首領近日會前去拜訪……」

「什麼！」

卡米歐的鳥嘴發出誇張的慘叫，路西菲爾也做好將被說教的覺悟。

然而不管等多久都沒聽見怒吼，等路西菲爾回過神時，卡米歐正準備走進洞穴。

「喂、喂，卡米歐？」

「該去找亞多拉瑪雷克大人，還有集合所有包含流浪惡魔在內的人了，路西菲爾。」

「啊？為什麼突然這麼說？」

無法理解卡米歐話中之意、但仍追到他旁邊的路西菲爾，發現卡米歐的眼神裡蘊含著決心的光芒。

「十年前撒旦還很弱。再加上無法阻止蒼角族的失控，所以他的野心晚了十年才起步。」

「喔、喔，那個啊。的確是發生過那種事。」

「那傢伙已經站上了起跑點。在下必須配合他做好準備才行。不能再浪費時間了。畢竟在下已經是個老頭子了。」

「什麼嘛。我還以為你又要罵我們擅作主張了。」

「在下也一直在煩惱該怎麼做。在下是真心想見證撒旦的夢想實現。為了這個目的，恐怕……」

「恐怕什麼？」

卡米歐巧妙地用鳥嘴表現出笑容說道：

「艾謝爾對撒旦而言，也是個必要的男人。」

「你到底有什麼打算！」

「沒什麼打算不打算！我不是之前就說過我會來嗎？」

面對從地上傳來的怒吼，撒旦也從飛龍上吼著回應。

「你就是艾謝爾嗎？看起來和其他人沒什麼不同呢！」

鐵蠍族的根據地，由山脈構成的城寨正充滿殺氣。

明明荒野的流浪惡魔路西菲爾才剛來不久，現在又換被神祕的惡魔入侵這麼近的地方。

而且敵人還做出利用沒看過的道具，搭乘飛龍現身的奇特行為。

在鐵蠍族中，艾謝爾也算數一數二長壽的男人，但他從來沒見過會做出這種行動的惡魔。

「你就是荒野的流浪惡魔說的那個男人嗎？」

「沒錯！因為打招呼的方法我交給路西菲爾自行處理了，所以要是有什麼不禮貌的地方，還請多多包涵啊！」

從山脈表面湧出的殺氣來看，路西菲爾應該在這裡做了相當不妙的事情。

撒旦知道只有實力和亞多拉瑪雷克與艾謝爾相當的路西菲爾，能夠完成擔任使者的任務。

不過照這樣看來，在他克制自己老實度日，以及乖乖被卡米歐責罵時，似乎累積了不少壓力。

仔細一看，附近的山峰裡有一個地方，出現了明顯並非自然產生的凹洞。

「看來，他似乎鬧得很大呢。」

撒旦苦笑，重新轉向艾謝爾。

然後若無其事地宣告。

這是包含亞多拉瑪雷克、路西菲爾，以及卡米歐在內，從來沒有告訴過任何人，黑羊族的少年惡魔從小就懷抱的野心。

「我重新報上名號，鐵蠍之長艾謝爾啊！」

他的姓名，震撼了空氣。

「我的名字是撒旦！是遲早將支配整個魔界的男人！」

這句話在同樣警戒空中的鐵蠍族中，掀起了一陣騷動。

而出現在騷動之後的，是一陣哄堂大笑。

惡魔並沒有支配整個魔界的概念。

因為那是絕對不可能的事情。

無論是在這一帶名聲響亮的蒼角族與族長亞多拉瑪雷克、鐵蠍族與族長艾謝爾、最強的流浪惡魔路西菲爾還是魔鳥將軍卡米歐，在魔界都稱不上是無人不知，無人不曉的存在。

不管是多大的部族，人口增加起來都有極限，而不管數量如何增加，整個魔界都不可能只剩下一種惡魔。

沒錯，在殲滅敵人才是唯一生存之道的魔界，支配整個魔界就等於是徹底消滅其他部族，而現實上那種事情根本不可能做到。

所以鐵蠍族們笑了。嘲笑這個騎著魔獸從天空現身的奇妙惡魔。

不過這陣騷動與嘲笑的浪潮，在抵達某個地方的瞬間就突然沉靜下來。

只有一個男人沒有笑。

族長艾謝爾，只有他像是被撒旦的話震撼到般睜大眼睛，緊盯著上空的撒旦。

在看見族長的樣子後，鐵蠍族一個接一個地閉上嘴巴。

族長並未責備笑的人。不過即使所有人都在嘲笑天上那個男人的妄想，就只有他沒有笑。

族長究竟在想什麼？

「支配，整個魔界……」

艾謝爾復誦了一次撒旦的話。

撒旦也因為理解只有艾謝爾在思索撒旦話中的真意，而選擇等待。

接著，艾謝爾像是發現了什麼。

「原來如此……你就是魔鳥將軍的繼承者。在背後操縱蒼角族的人嗎？」

「你知道我的事情啊？真是光榮。我應該沒做過什麼會傳進大豪族的艾謝爾大人耳裡的事情才對。」

撒旦在這二十年來幾乎沒露過面。

就連十年前的戰役，都是由亞多拉瑪雷克和蒼角的老兵出戰，照理說應該沒發生過任何會讓撒旦的名字傳進艾謝爾耳裡的事情。

可是，艾謝爾知道。不對，應該說他推論出來了。

「蒼角族根本沒有聰明到會進行那種撤退戰。而那個照理說不會與任何人來往的流浪惡魔，昨天也帶了你的名字過來。這樣還需要其他理由嗎？」

撒旦滿意地笑了。

就是要這樣才行。

鐵蠍族的族長果然不是普通惡魔。

艾謝爾擁有和亞多拉瑪雷克與路西菲爾相當的實力，遠遠凌駕卡米歐的統率力，甚至還跟得上知識量遠超過一般惡魔的撒旦的思考。

不能讓這個男人被蒼角族殺掉。

為了實現撒旦的野心，他絕對需要這個男人。

不過艾謝爾的現狀，和撒旦邀請卡米歐、路西菲爾與亞多拉瑪雷克與自己聯手時不同。

艾謝爾和鐵蠍族是魔界北邊最大的豪族。在贏過蒼角族一次後，他們目前既沒有迫切的危機，也不需要任何人的幫助，更沒有對現狀感到不滿。

撒旦必須忍耐不讓自己說出招募艾謝爾的話。

現在無論直接對艾謝爾說什麼，都只會讓他的態度變強硬。當然也只會惹惱周圍的鐵蠍族們。

不過，上次有這種想法是什麼時候的事情？

恐怕是第一次遇見卡米歐的時候吧。像這樣清楚看見通往未來道路的光芒。

「跟你想的一樣，我就是他們背後的惡魔。我是黑羊族的人。」

「黑羊族……沒印象呢。他們根本就沒有被記住的價值。」

艾謝爾只有聽過這個部族的名稱，因為是數量和流浪惡魔差不多的弱小部族，所以他也只記得那個部族很早以前就滅亡了。

「哈哈，這也沒辦法。畢竟我們是很弱小的一族。光是大豪族的艾謝爾大人，還記得那個部族沒有被記住的價值就算很好了。」

「……唔。」

即使出身的部族被嘲笑，撒旦仍然毫不在意，甚至還有餘裕反唇相譏。

「不過你一定會敗給這個連被記住的價值都沒有的部族出身的惡魔。到時候你就會記得很清楚。黑羊族，以及撒旦·賈克柏的名號。」

就在這個瞬間，整個山脈都被殺氣覆蓋。

除了艾謝爾以外，所有人都中了這個極為膚淺的挑釁。

對方原本就擺出居高臨下的態度，現在居然還當面侮辱族長，這樣還不生氣才奇怪。

只有艾謝爾依然一臉從容。

「撒旦這種隨處可見的名字，根本不值得記。不過，我記住你的臉了。」

「喔？」

「你遲早會為了延續十年前的戰鬥，而來向我們挑戰吧？到時候我會將你們趕盡殺絕，讓你們甚至無法後悔曾經侮辱過我和鐵蠍族。」

「話如果說得太滿，事後做不到時會很後悔喔。沉默是金啊。」

「少說那種莫名其妙的話。」

艾謝爾啐道，然後將手臂平舉。

「只要我一揮下這隻手，這裡的戰士們就會一齊對你發動攻擊。在那之前趕快滾吧。愚蠢之徒。下次相遇的地方，就是戰場了。」

「謝啦。那就這麼辦吧。」

撒旦也判斷該是撤退的時候。

既然已經了解艾謝爾的為人，撒旦乾脆地讓飛龍掉頭。

「打擾了。再見。」

接著他朝艾謝爾輕輕揮手，飛向西北方的天空。

雖然山脈下方有些鐵蠍不顧艾謝爾的制止，零星地對撒旦發動攻擊，但無論是念動魔法的岩砲彈，還是魔力球的攻擊，都無法追上飛龍的速度和高度。

艾謝爾見狀——

「……看來是個必須稍微謹慎應付的對手呢。」

說完後，艾謝爾抿緊嘴唇，轉身返回王座。

「看來無法用一般方法對付。像亞多拉瑪雷克那時的虛張聲勢，絕對不會管用呢！」

騎著飛龍在天空奔馳的撒旦，完全無法壓抑臉上的笑容。

「不過，艾謝爾……及鐵蠍族，做好覺悟吧！我絕對會讓你們成為我的部下！然後……」

在空中的撒旦稍微將視線轉向南方。

「所有人一起前往南方。到時候……」

接下來這句話，甚至未能傳到撒旦騎的飛龍耳中。

只有風、天空、撒旦本人，以及撒旦戴在胸口絕不離身的小小紫色寶石聽見。

「我將成為『魔王』。」

※

「事情就是這樣，我去向艾謝爾宣戰了。」

「笨蛋！」

「你是笨蛋嗎？」

「在下姑且還是說一聲。你這個笨小鬼！」

撒旦一回來，就被三個人以不同的方式當成笨蛋對待。

「『宣戰』就是你以前說的那個宣布戰爭開始的話吧！為什麼你要做出這種事情！」

最驚訝的人是亞多拉瑪雷克。

「明明只要發動奇襲，就能製造很多有利的狀況，為什麼要特地讓對方有所警戒啊！」

撒旦當然知道會出現這種意見。

「唉～我通常也會這麼想。」

「雖然你應該有你的理由，但還是該改一下什麼都不跟我等說，就自己跑去做的習慣。」

「可是就算說了你們也一定會反對。」

「那還用說。」

卡米歐乾脆地駁斥鬧彆扭的撒旦。

「不過給自己以外的人『反對』的機會，是件重要的事情。我等還無所謂，以後你可能必須親自指揮我等以外的人。在那種情況，就算知道會被反對，也必須製造『有商量過』的事實，就算最後事情跟你說的一樣『有圓滿結果』，還是會累積不滿。那就是你所謂『壞的勝利方法』。誰能保證你將來指揮的所有對象，都會像我等這樣對你如此寬容。」

「那個…………對不起。」

卡米歐條理分明的反駁，讓撒旦難得啞口無言。

「組織變大，麻煩事就會增加。這是你自己說過的話。你都沒有自覺嗎？」

「是，對不起。」

這次毫無疑問是卡米歐對，自己做了錯誤的舉動。於是撒旦坦率地低頭反省。

「那麼，可以請你說明一下自己為何要做出這種蠢事嗎？包含你的真意在內。」

「我的真意？」

「嗯。」

卡米歐看向流露出危險氣氛的亞多拉瑪雷克和路西菲爾。

「在下、路西菲爾，以及亞多拉瑪雷克大人，原本根本不可能像這樣安穩地聚在一起。但既然你都做到這種事了，那可想而知……」

「咦？」

「難不成？」

卡米歐說到這裡，剩下的兩人似乎也發現了。

「你一定也打算將艾謝爾招募來這裡吧。與其說是去宣戰，不如說是去和他見面吧。這個笨小鬼。」

「啊～」

「怎麼可能……」

如果以舊有的常識來看，路西菲爾和亞多拉瑪雷克的反應可說是正確的。

不過這兩人都曾親身體驗過卡米歐說的事情。

所以他們無法直接認定撒旦的想法是愚蠢的。

畢竟他們早就自覺到自己做的事情，並不符合普通惡魔的常識。

「唉～事情就是這樣，嗯。」

撒旦乾脆地肯定卡米歐的話，不過卡米歐的追問還沒結束。

「你也差不多該告訴在下這個老人了。你聚集這些人，到底想要做什麼？」

「做什麼啊……」

「嗯，我也很在意這件事。」

亞多拉瑪雷克附和道。

「撒旦，你在和我決鬥時，曾經問過我對未來有什麼想法。現在的你所做的事情，雖然是利用不符合魔界常識的方法，但怎麼看都像是在增加不同種族的同伴。然而光是這樣，長遠來看跟我以前的做法並沒有什麼不同。連艾謝爾和鐵蠍都想拉攏進來的你，真正的目的究竟是什麼？」

「……就是啊。我最近也因為做的事情都差不多，而開始對這『遊戲』感到有點膩了。」

路西菲爾的這句話非常重要。

撒旦和卡米歐、路西菲爾以及亞多拉瑪雷克的關係，雖然是以撒旦為中心，但彼此之間並沒有明確的上下關係。

硬要說的話，就只有卡米歐自認是撒旦的監護人。

儘管撒旦以他的知識領導周圍的人，但對其他人而言，無法得知撒旦的想法實在不是件舒服的事情。講好聽一點是被領導，但或許也能說成是被操縱。

「……你們不可以笑喔。」

撒旦應該也是這麼想，所以才打算坦白自己真正的目的。

「還有，在說之前我有件事情想確認。現在的我們，到底是什麼樣的團體？」

「「「嗯？」」」

撒旦的問題，讓其他三人面面相覷。

「卡米歐說得沒錯，我的確想讓艾謝爾加入我們。還有他率領的鐵蠍族也一樣。而且我已經有勝算了。那麼假設那傢伙順利加入我們，到時候我們究竟是什麼集團？」

「什麼集團？」

假設鐵蠍族也加入，那麼鐵蠍、蒼角和帕哈洛．戴尼諾族這三部族的人口應該會占多數，而像路西菲爾這樣的流浪惡魔，和這二十年裡併吞的小部族的人數加起來後，正逐漸超過蒼角的非戰鬥員。

「我再問得更簡單一點。假設鐵蠍現在發動大規模進攻，我們也團結一致共同禦敵，那這時候我們到底算什麼族？」

「雖然……我是很想說蒼角族……」

蒼角族的確是構成這個集團核心的戰士團，但在十年前的戰爭裡，亞多拉瑪雷克已經很清楚地知道個體的強，不單純等於戰場上的強。

流浪惡魔和小部族的人們，從語言到外表、身高、能力全都不統一，實在很難找出相同的共通點。

真要說起來，就連聚在這裡商量的四個人，外表、能力和其他地方都不盡相同。

就只有撒旦一個人在三人的鍛鍊下，獲得了和三人同等的能力，不過無論如何，還是無法用亞多拉瑪雷克擔任族長的蒼角族，或是卡米歐擔任族長的帕哈洛．戴尼諾族，這種淺顯易懂的概念歸類在一起。

「我知道有一個詞能夠形容這種團體。只要講出這個詞，我想你們就會知道為什麼我要用這種亂來的方法讓艾謝爾加入我們。不過……」

撒旦突然變得支支吾吾，然後有點缺乏自信地環視三人。

「在說出這個詞的瞬間，你們也有可能會變回我的敵人。所以我至今才一直瞞著你們。畢竟我是個弱小的惡魔啊。」

即使現在的撒旦在已經滅亡的黑羊族中可說是史上最強，但他仍然是因為邂逅了卡米歐、路西菲爾和亞多拉瑪雷克，並接受他們的幫助與鍛鍊，才走到今天這一步。

撒旦非常清楚這點。

在講出這個詞的瞬間，自己和他們的關係將產生決定性的變化。所以如果情況允許，他希望等艾謝爾加入後再說明，但看來並非一切都能按照計畫進行。

撒旦說完後——

「嗯。」

「哼。」

「……唉。」

亞多拉瑪雷克、路西菲爾和卡米歐，稍微間隔了一段時間後再次互望彼此。

「那麼……」

「就是那個吧。」

「……也只有那個了。」

「什、什麼啦。」

三人像是覺得有點掃興般，分別看向撒旦，然後異口同聲地說道：

「「『魔王軍』。」」」

「……喂！」

三人乾脆說出來的詞，讓撒旦慌了手腳。

因為那正是撒旦隱藏在內心深處，可以說是祕密中的祕密的詞。

「什麼嘛，居然把這種事情看得這麼重要，還擔心我們會叛離啊。」

「年輕真好。」

「唉，沒辦法。畢竟這傢伙在各方面都很脫離常軌。」

即使如此，三位惡魔依然像是在閒聊般，揶揄著這個祕藏在撒旦內心的詞。

「你、你們……」

「我等活的時間可是你的好幾倍，你以為我等會不知道這個詞嗎？」

「而且在魔界也被當成傳說中存在的那傢伙，也跟你叫同一個名字。」

「『大魔王撒旦』。在遠古時代只靠自己一個人，就統一魔界所有惡魔的偉大王者的名字。」

撒旦驚訝得說不話來。

古代大魔王撒旦。

這個名字是早在他遇見卡米歐之前，從「那名女子」那裡聽來的名字。

不過據說現在的魔界，已經沒有惡魔在傳頌那位大魔王的姓名與霸業。

然而看來只是那些「傳頌者」並沒有讓別人知道而已，還是有些老前輩，確實繼承了這些記憶。

雖然撒旦本人沒有自覺，但其實是他將這些人聚集到自己的身邊。

「嗯，原來如此，我知道這小鬼的目的了。然後或許我也知道他在怕什麼了。」

「他還真是會想些不普通的事情。」

「不過，在下也想見識一下那個。」

「撒旦啊。」

三人丟下關鍵的撒旦，自顧自地聊了起來，但亞多拉瑪雷克突然轉向撒旦說道：

「這不是很好嗎？由你來當『王』。」

「咦？」

「是啊。我也覺得這樣就好。」

亞多拉瑪雷克和路西菲爾，都推舉撒旦當自己集團的「王」，反倒是撒旦慌張地說道：

「可、可是……你們，沒關係嗎？」

論實力，撒旦和路西菲爾與亞多拉瑪雷克之間並沒有明顯的差距。

如果結合帕哈洛．戴尼諾族的力量，卡米歐也絕對不會輸給他們。

「這跟目前為止又沒什麼不同。只是替你的容身之處，取個明確的名字而已。」

但亞多拉瑪雷克卻若無其事地如此說道。

「你指揮我們，我們行動。不過只要我們覺得不滿，或是利害關係不一致就會離開你。我們一開始就是這樣說好的吧。無論你自不自稱『王』，都沒什麼差別。」

「那些流浪惡魔，果然還是想要有個明確的『首領』。不過因為他們無論外表還是力量都不統一，所以有個『王』不是很簡單易懂嗎？」

路西菲爾也和平常一樣輕鬆地說道。

「亞多拉瑪雷克大人剛才說的『王』，並非能讓稱王者變得萬能的魔法。『王』這個詞，是用來表示其在組織中應該發揮的『機能』。撒旦啊，你能不能成為超越『機能』這個層次的『王』……」

最後老邁的魔鳥將軍，從比將成「王」者高一顆頭的地方，居高臨下地說道。

就像他過去剛遇見少年惡魔時做的那樣。

「接下來就要靠你自己親身展現了。」

※

等得知鐵蠍族的大部隊逼近撒旦等人作為根據地的湖邊山地時，已經是距離那場對話十天後的事情了。

考慮到鐵蠍族作為根據地的岩山和這裡的距離，艾謝爾應該是在撒旦前往宣戰的那天就出兵了。

根據斥候的報告，鐵蠍的數量總共有五萬。這批大軍的人數遠遠超出透過十年前的戰役推測出來的鐵蠍族總數。

「既然直接派了五萬人過來，就表示還有幾千名預備軍吧。就是占據蒼角岩寨的那些傢伙。」

「全軍動員啊。真是非常簡單易懂。那麼，怎麼辦。要固守城池嗎？」

亞多拉瑪雷克一面對撒旦的分析點頭，一面提問，撒旦搖頭說道：

「若固守城池是不會贏的。對方人數比較多。如果我們躲在殼裡，不僅對方能夠隨心所欲地攻擊，我們能夠反擊的手段也會受限。」

撒旦現在開會時，都會理所當然地使用「文字」，他在大岩桌上以魔力的光面顯示出戰場的狀況，並不斷補充資訊上去。

「艾謝爾在進軍時，都會組成『陣形』。這是一種能有效率地將兵力發揮在戰場上的列隊方式。例如這個排成四角形的叫做『方陣』，外圍的士兵是拿長槍之類的中距離武器。中心則是遠距離攻擊隊。只要在兩隊之間安排近距離攻擊隊，那麼無論敵人從哪個方向進攻，這個陣形都有辦法對付。比起讓士兵分散攻擊，這樣更能應付數量龐大的敵人，同時減少自己人的損害。」

「原來如此。就算讓蒼角的人獨自對付這個，恐怕也無法靠蠻力擊倒他們。」

「那從空中攻擊怎麼樣？只要讓我和帕哈洛的人從上面攻擊，不是就能解決只能近距離戰鬥的敵人嗎？」

路西菲爾用手勢比出飛行的姿勢，撒旦繼續講解道：

「就算從空中攻擊，也只是比在地上正面衝突要好一點而已。方陣是所有陣形的基礎。只要讓最外側的士兵或內側的士兵，每兩個人配備一面能夠遮住全身的大盾牌，雖然攻擊力會下降，但換來的強大防禦力，就能安全地將近戰部隊輸送到戰場前方。即使從空中進攻，要是內側有會魔法的傢伙在，就會遭到他們的反擊。」

這在天空對面的世界是被稱做「龜甲陣」的進軍方式。雖然會犧牲移動速度和攻擊力，但擁有其他陣形無法比擬的強大防禦力。

「鐵蠍族是個人體格差距很小的種族。所以身材非常適合組成這種隊形。像我們這種混合軍，就無法做到這種事情。」

的確，就算讓亞多拉瑪雷克和路西菲爾一起拿盾組織陣形，也只會產生一堆破綻。

龜甲陣最大的缺點不用說，就是無法對應能夠貫穿盾牌的攻擊，不過在惡魔之間的戰鬥中，魔法不只能用於攻擊，也經常被用來防禦，所以很難有效率地準備比敵人盾牌還強的攻擊。

「而且還有那個連續砲擊。敵人魔法師的實力也是未知數。我們不知道鐵蠍族的念動魔法究竟是只能發射事先準備好的砲彈，還是擁有能將空戰的敵人拉下來的力量。」

「呃，那要怎麼辦？」

「嗯。卡米歐，我之前拜託你的東西準備得怎麼樣？」

「因為事出突然，所以沒辦法配給所有人。但還是夠一半的人用。」

「很好很好。有這些就夠發動第一波攻勢了。再來是路西菲爾。實力不用很強沒關係，我要你從流浪惡魔裡挑出幾個腳程快的傢伙。」

「腳程快的傢伙啊。了解。」

「再來是亞多拉瑪雷克。我要你在這場戰爭中，擔任先鋒。」

「嗯。正合我意。為了還十年前的那筆帳，我正想說怎麼能不讓我率先出戰呢。」

雖然亞多拉瑪雷克看起來充滿幹勁，不過撒旦馬上就對他澆了一盆冷水。

「不好意思在你熱頭上打擾你，不過你戰鬥的時間並不長。只要攻擊我指定的對手，隨便大鬧一場後，就要遵照指示迅速撤退。」

「什麼？」

「就像剛才說的一樣，我們不曉得艾謝爾教了鐵蠍族哪些戰術。所以我不希望一開始就全力開戰，而是一面分析對手的實力，一面作戰。這麼一來，雙方都能避免無意義的犧牲。」

「嗯。」

「啊，有件事必須先跟大家說清楚。」

撒旦露出冷酷的表情說道：

「記得傳達給所有人，要是有人急於搶功，或過度投入戰鬥擾亂作戰，就直接丟下或當場處決。別忘了，這場戰爭的目的，並不是殲滅鐵蠍族。」

接著所有人為了實施撒旦的命令，開始解散到各處。

同一時間，艾謝爾也正在鐵蠍族後方一面眺望遠方的湖邊山地，一面做為總指揮官向各個地方下達指示。

「仔細注意敵人飛龍的動向。別認為能騎飛龍的只有對方的首領一個人。魔法隊，別鬆懈對空中的警戒！」

就在鐵蠍的士兵們忙得跑來跑去時，艾謝爾緊盯著將成為戰場的荒野說道：

「好了……你會怎麼行動呢？」

戰爭開始得非常突然。

「我軍正與先鋒部隊，蒼角族族長亞多拉瑪雷克交戰！」

「什麼？」

在開戰的同時收到的，就是如此衝擊的報告。

出乎意料的是，敵人當中數一數二的強者居然一開始就打頭陣。

「……先鋒部隊的動向呢？」

「最初接觸的部隊瞬間就被擊潰了。現在正分別從三個方向包圍亞多拉瑪雷克的部隊。」

「亞多拉瑪雷克隊以外的敵兵呢？」

「雖然有發現以帕哈洛．戴尼諾族為中心的飛行部隊，但並未發現飛龍的身影，也沒發現路西菲爾或卡米歐有什麼行動。」

「嗯，原來如此。」

點頭回應這些報告後，艾謝爾迅速整理想法下達指示。

「亞多拉瑪雷克隊只是誘餌。別為了貪功而追太深。保持一定距離交戰，但別讓對方攻得太深，如果敵人看起來要逃跑，就直接放過他們。」

「是！」

報告的士兵並未詢問指示的理由。只為了迅速傳達族長的指示，像風一般地衝了出去。

「那個男人不可能無緣無故讓亞多拉瑪雷克打頭陣。就當作是以寡敵眾的獎勵。我就再讓你們先行動兩步吧。」

艾謝爾一面確認接連傳來的戰況報告，一面等待對方下一步的行動。

路西菲爾和卡米歐，以及那個叫撒旦的男人依然沒有現身。

根據報告，除了和亞多拉瑪雷克隊的激烈衝突以外，其他地方也開始零星地發生戰鬥，但艾謝爾無視這些報告。

艾謝爾下次移動身體，是在收到空襲的報告後。

「空襲？是從空中發動的攻擊嗎？」

「是的，那、那個……」

傳令的戰士困惑地說道：

「無法確認靠近的敵人身影！」

「無法確認敵人的身影？難道過來的不是帕哈洛·戴尼諾、路西菲爾或那個飛龍嗎？」

「雖然我們認為應該是飛龍沒錯……」

「為什麼說得這麼含糊！」

「因、因為那個在空中飛的巨大魔獸現身時，就像是突然憑空蹦出來的一樣！」

艾謝爾充滿魄力的聲音，讓傳令兵慌張地繼續說道：

「等我方發現時，已經來不及防禦，魔獸上的敵人透過魔力球發動的空襲，讓右翼側的陣形受到極大的損害。目前還不曉得實際的損害狀況……」

飛龍在不被發現的情況下接近，突然出現在部隊正上方。到底是怎麼辦到這種事情的？

這當中一定有機關。雖然有能夠隱形的魔法，但魔法師隊不可能漏掉魔法發動時的魔力反應。

不過就在艾謝爾還沒整理好思緒時，先鋒部隊已經傳來亞多拉瑪雷克隊撤退的報告。

這個報告，讓艾謝爾判斷敵人真正的進攻並非亞多拉瑪雷克，而是飛龍的空襲。

「……看不見的飛龍……讓兩步太多了嗎？」

飛龍部隊回來後，卡米歐很高興部隊並沒有受到任何損害。

雖然在飛龍的腹部、腳、尾巴和脖子等飛行時會對地面暴露的部位裝上了皮革製的護甲，以防範來自地上的攻擊，但卡米歐還另外在護甲表面塗了一層用紅土做成的顏料或蓋上紅布。

這麼一來，只要飛到一定高度，再混進紅色天空與灰色雲朵之間，就不容易被敵人發現。

雖然魔界沒有「迷彩」這個詞，但第一個將這個概念引進戰爭的人就是撒旦。

不只飛龍，下次要是也提供帕哈洛．戴尼諾的戰士們相同的裝備，從空中發動攻擊的成功率就會大幅提升。

只要看過一次飛龍，艾謝爾就會推測撒旦這邊將把飛龍投入實戰。

然後只要再領先這個推測一步，就能對艾謝爾和鐵蠍造成龐大的損害。

儘管這個計畫大獲成功，但反過來說，也能預測艾謝爾接下來將為了打探我方的軍情，重新鞏固軍隊的防禦。

這麼一想，卡米歐就覺得或許該趁初戰時，做好可能付出一些犧牲的覺悟，再進攻得更深一點。

「嗯？喂。」

卡米歐叫住附近一個獸惡魔的飛龍兵。

「跟你一同起飛的路西菲爾他們去哪裡了？他們沒回來嗎？」

「不，路西菲爾大人一起飛，就率領流浪惡魔部隊，前往和我們不同的方向。」

「嗯……」

這麼說來，在為了發動這場空襲所進行的第一場戰鬥中，路西菲爾集合的那些腳程快的惡魔並沒有獲得顯著的戰果。

雖然那些為了支援亞多拉瑪雷克隊而在各處引發的戰鬥，應該是路西菲爾的部下搞的鬼，但和利用亞多拉瑪雷克的力量與知名度當誘餌，使用新裝備發動的空襲相比，他們的行動也未免太低調了。

那個路西菲爾會願意接下這種工作嗎？

「晚點再去跟撒旦確認好了……」

在空中的兩顆巨大藍星和無數繁星的照耀下，魔界的夜晚意外明亮。

不過即使如此，夜晚還是夜晚。和白天一樣的強風橫渡天空，不斷企圖隱藏夜空的光輝。

撒旦等人作為根據地的湖邊山地靜得嚇人，鐵蠍族的陣地則是點燃了無數篝火，位於兩方勢力中間的，則是仍鮮明地殘留白天戰爭傷痕的戰場。

不用吃東西的惡魔不需要後勤，也不會像人類的戰爭那樣紮營。

士兵們在各自的位置維持白天的陣形，警戒敵人的來襲。

不過即使如此，生物在生理上還是必須休息，因此鐵蠍的戰士們會輪班睡覺。

「好了。」

一道嬌小的人影，笑著從遠方觀望那些篝火。

「差不多該開始了。還有，因為我討厭麻煩事，所以撒旦交代的事情……嗯，就交給你處理吧。」

「……是。」

路西菲爾對旁邊的前流浪惡魔下令，突然被指名的惡魔一臉驚訝地點頭。

「那麼，時間應該差不多了。」

說完後，夜晚的荒野爆發出紫色的光芒。

無數熱線在鐵蠍的陣地肆虐。

「上吧！」

然後路西菲爾下令跟在他後面的那群人展開突擊。

警戒的聲浪很快就在鐵蠍的陣地內此起彼落地響起，但路西菲爾卻選擇置之不理，直接離開。

等鐵蠍的戰士們因為發現攻擊而醒來時，攻擊者已經全都移動到了另一個地方。

這是由少數精銳實施，對人類世界而言極為普通的夜襲。

目的並非擊倒敵兵，而是誘使敵人動搖，加深他們的疲勞。

「哈～哈哈哈！怎麼打怎麼中真是太開心了！」

路西菲爾一面發出喜悅的聲音，一面馳騁在被篝火照亮的鐵蠍夜間陣地。

「怎麼啦怎麼啦！晚上看不見啊，你們這群只有硬這個優點的毒蟲！」

路西菲爾的熱線輕易貫穿鐵蠍的鋼鐵皮膚，別說是引發動搖了，勢如破竹的他或許一個人就能殲滅一、兩支部隊。

不過敵人可是鐵蠍，和一般的小部族不同。

「嗯？」

無視撒旦的指示擅自行動、暢快地在夜晚展開虐殺的路西菲爾，突然發現自己的動作變遲鈍了。

「怎麼回事……？」

雖然路西菲爾在察覺危險後打算脫離夜襲，但翅膀卻無法產生足夠的推進力。

「到此為止了，荒野的流浪惡魔。」

聲音是從他的背後響起。

「什……唔呃！」

路西菲爾被一股強烈的衝擊彈飛。

明明是單純的打擊，卻無法靠翅膀或魔力緩衝。被打飛的路西菲爾撞上附近的地面，然而衝擊並未就此結束。

即使墜落地面，路西菲爾的身體還是像被抵在擦菜板上般，開始持續在地面上磨擦。

「唔……這、這是……」

路西菲爾拚命展開翅膀想要反抗，但操縱他身體的神祕力量仍一點都沒減弱。

「糟糕！」

就在路西菲爾忙著抵抗時，他發現眼前有個形狀類似尖銳牙齒的岩石正朝這裡逼近，路西

菲爾放棄抵抗那股力道，像撒旦過去所做的那樣，僅憑意志的力量在空中展開無數的魔力球。

他並未特別瞄準，也不顧周圍還有同伴在，就直接開始朝全方位胡亂發射熱線。

「唔哇！」

在被尖銳的岩石刺穿前，感覺束縛身體的力量消失的路西菲爾慌張地逃到空中。

「好險……到底是哪個傢伙啊。」

為了避免再被同樣的力量束縛，路西菲爾急速上昇後，展開翅膀轉身俯瞰地面。

他在被自己的夜襲搞得一團亂的陣地中，發現一股存在感特別強烈的魔力。

「……唉，我想也只有你有這個本事。」

「我們是第一次像這樣見面吧，荒野的流浪惡魔。」

站在那裡的，毫無疑問正是鐵蠍之長，艾謝爾。

「你出來得還真快，該不會你們連老大也要自己站夜哨吧？」

「你以為我們會愚蠢到沒防範夜襲嗎？白天獨獨沒看見你的身影。所以我自己當然最好也要保持警戒。」

「原來如此，看來這次是你的預測略勝一籌？」

「要我現在當場殺了你也行喔？」

「我勸你還是別這麼做比較好吧？就算你有可能贏我，也不可能全身而退。這麼一來，透過和我一起發動夜襲的夥伴得知你受傷的亞多拉瑪雷克他們，或許就會一口氣攻過來也不一定。」

艾謝爾當然不可能沒考慮到這點，只是為了試探對手的城府，才刻意提起這個話題。

雖然沒有顯露在表情上，但艾謝爾其實很驚訝。

沒想到就連荒野的流浪惡魔，也不再像過去那樣漫無目的地搗亂，甚至還會針對未來擬定戰術。

究竟是誰讓路西菲爾養成了思考的習慣。這個答案不用想也知道。

「……回去向你們的首領報告，我們沒軟弱到會因為這種小伎倆就疲憊。明天我們就會一口氣展開猛攻，將你們悉數殲滅。別以為只有你們懂得偵察。」

「嗯，我會幫忙轉達。」

路西菲爾像是為了戲謔對手般露出下流的笑容。

「但我不保證我們老大會不會配合你的計畫。」

說完這句話後，路西菲爾就飛上高空，消失在遠方的天空。

艾謝爾並未放鬆警戒，直到確信路西菲爾等人真的撤退後，才讓各處報告損害狀況。

然後他將這次的損害狀況告訴所有部隊的指揮官，當場訓斥他們。

因為太小看敵人，鐵蠍族僅僅一天就損失了三千名戰士。

雖然全軍確實因為十年前曾大勝蒼角族而有些大意，但只要讓所有士兵都知道第一天出現如此嚴重的損害，應該就能減少大意的情形。

光是能有這樣的結果，那三千名戰士就死得有價值了。

「從明天開始，你就不會再這麼順利了。撒旦。」

艾謝爾對隱藏在夜晚的黑暗中看不見身影，位於遠方的敵方大將說道。

「艾謝爾是這麼說的。」

「我說啊。我明明交代過你別擅自行動，這樣你要怎麼為人表率啊。」

路西菲爾回來報告夜襲的成果後，撒旦懊惱地說道。

和亞多拉瑪雷克跟卡米歐不同，路西菲爾從來沒率領過部下，所以讓他獨自行動後，他果然做出了出乎預料的事情。

如果只有路西菲爾一個人倒楣也就算了，因為這次的夜襲沒有下達撤退指示，所以無論流浪惡魔還是鐵蠍族，都出現了超出預期的犧牲。

「……唉，因為最重要的目的有達成，所以今天就先放你一馬。之後對方應該也會有所警戒，所以暫時不會再發動夜襲。你和卡米歐一起去加入總體戰的游擊隊吧。」

「真是的。要稱讚我就坦率一點啊。」

路西菲爾不滿地說道，不過原本就沒在稱讚他的撒旦，完全沒在聽路西菲爾說話。

撒旦已經在關心別的事情。

「那麼。」

路西菲爾的旁邊，坐了兩名惡魔。

他們的四肢都被魔力和現實的繩索綁住，背部也被強壯的蒼角族戰士用槍抵著。

「你們應該覺得很莫名其妙吧。為什麼不但沒被殺，還被帶到這種地方。」

那是兩名鐵蠍族的戰士。

路西菲爾率領的夜襲部隊真正的目的，並非引發鐵蠍族的混亂。

而是趁著夜晚和混亂，在不被鐵蠍族首腦發現的情況下，抓「俘虜」回來。

之所以不選擇俘虜白天的傷兵，是為了不讓鐵蠍族察覺「有活口被帶走」。

在魔界，還不存在「俘虜」的概念。

敵兵是殺害的對象，捕獲這種行為本身根本沒有必要。惡魔世界的生死觀和家族觀與人類完全不同，人質根本沒有交易的價值。

不過實際上，敵兵是分析戰況時不可或缺的情報寶庫。

裝備、配備、人員、作戰，無論哪項都是能讓自軍變得有利的貴重情報。

可是如果讓艾謝爾發現有部下被敵人生擒，他馬上就會藉此推導出「俘虜」的概念。

當然以艾謝爾的能力，遲早會自己推論出「俘虜」的概念。此外他也可能透過分析我方的行動，察覺撒旦的企圖。但那個時間點當然是愈晚愈好。

「唔……」

「你、你們想做什麼！」

鐵蠍戰士的眼神裡比起恐懼，更多的是困惑。

對惡魔的戰士來說，被敵人抓到就等於死亡。然而正因為每個惡魔戰士都早已對死亡做好覺悟，所以根本不害怕被殺。

反倒是像這樣莫名其妙地被留活口，更令人感到詭異。

「先從自我介紹開始吧。我叫撒旦，是正在和你們戰鬥的軍隊首領。」

「──！」

兩名鐵蠍族的眼神透露出驚訝，但下一個瞬間，兩人馬上就面臨更令人驚訝的事情。

「不好意思，對你們這麼粗魯。我現在就幫你們鬆綁。站起來吧。」

自稱敵方首領的男子不但沒殺掉自己，還說要幫忙鬆綁。

然而實際上束縛兩人的魔力和繩索真的都被解除了。雖然蒼角族仍將長槍對準這裡，自己的力量也不可能對敵方首領管用，於是至今仍確信自己會被殺掉的兩名鐵蠍族戰士，都露出像在思索該如何進行最後抵抗的表情。

相較之下，撒旦的表情卻像是覺得這兩名鐵蠍族戰士的決心非常有趣。

「放心吧。只要你們不亂來，我就不會殺你們。我只是有幾個問題想問你們。只要你們老實回答，除了立刻放你們回鐵蠍陣地這件事以外，我會實現你們其他的任何要求。怎麼樣，聽起來還不錯吧？」

「「……？」」

「說到你們之後會死的可能性，就只有企圖危害我們，或是逃回鐵蠍族的陣地而已。除此之外，你們想做什麼都行。對了，不如就由身為首領的我，親自為你們介紹魔界最新的組織吧。怎麼樣，要一起來嗎？」

兩名鐵蠍的戰士，用像是看見異形怪物的眼神仰望撒旦。

兩名鐵蠍戰士的名字，分別叫做伊魯修姆和秦剛。

伊魯修姆和秦剛雖然驚訝，仍乖乖跟在毫無防備地背對兩人，連護衛都沒帶的這位名喚撒旦的男子背後。

蒼角族現在的根據地是在某個湖畔的岩山內，一個類似城寨的空間，而敵人的首領，居然自告奮勇要替他們帶路。

「我們『魔王軍』，最早是成員只有我、卡米歐和帕哈洛・戴尼諾族的小團體。之後是在路西菲爾跟亞多拉瑪雷克的協助下，才聚集了各個部族，成長為足以和你們鐵蠍正面對決的大型組織……」

撒旦毫不避諱地向兩人說明與鐵蠍族敵對，擁有「魔王軍」這個響亮名號的軍隊全貌。

「雖然可能很難相信，但我們並非為了消滅你們而戰。倒不如說，是希望你們也能加入我們『魔王軍』。」

「……你在，說什麼蠢話。」

伊魯修姆啐道。雖然秦剛在看見伊魯修姆打斷敵方首領說話時，整個人嚇得僵住，但撒旦本人似乎絲毫沒將敵兵的謾罵放在心上。

「放心，我早就聽慣這種話了。卡米歐一開始也是這樣。不過他自己明明也養了一個其他部族的臭小鬼。」

撒旦自顧自地邊說邊笑。

「不過啊，因為我們最近有了一定的規模和實績，所以就算是初次見面的流浪惡魔，也願意認真地聽我們說話。到了。這裡就是我想出的『魔王軍』的關鍵。」

說完後，撒旦在某個金屬製的大門前停下腳步。

這個鑿穿山地的洞穴，在經過長時間一點一滴的改造，已經變成一個適合居住的場所，不過從門的尺寸，就能看出有些地方仍保留了挑高的開闊空間。

從門對面傳來大批惡魔嘈雜的氣息。

「嘿咻。」

撒旦一用力打開門，兩人便立刻感受到裡面的熱鬧與活力。

「「什……！」」

伊魯修姆和秦剛同時發出驚訝的聲音。

門對面的光景，遠遠超出他們的想像。

在廣大到足以容納千名蒼角族的空間裡，聚集了各式各樣的惡魔，在互相戰鬥。

不過那並非常見的廝殺。而是彼此都將對方當成同伴，為了提升實力所進行的模擬訓練。

雖然裡面也能看見作為「魔王軍」主戰力的蒼角族和帕哈洛．戴尼諾族的身影，但在這裡，他們反而是少數派。

不下五十種的惡魔們並未互相殘殺，而是聚集在同一個地方進行訓練。

鍛鍊格鬥技巧的人、保養武器的人、練習魔法的人，雖然這裡什麼樣的人都有，但唯一能確定的是，不管去魔界的哪裡，都找不到這幅光景。

「喂～貝蘭薩。」

滿意地看了驚訝的伊魯修姆和秦剛一眼後，撒旦呼喚某人的名字。

「喔～」

接著從各式各樣的惡魔裡走出來的是，一名身材矮小細瘦的男子。

那是身高不到鐵蠍族的腰部，身上穿的衣物也很簡陋的小鬼族的男子。

「撒旦大人，有什麼事嗎？」

「這兩位是鐵蠍的伊魯修姆和秦剛。我想將他們登記為第十五游擊隊的儲備隊員。我現在正為了說服他們帶他們參觀，之後這兩人應該會去你那裡。拜託你啦。」

「是是是，我了解啦。伊魯修姆和秦剛對吧。不過撒旦大人，雖然游擊隊也不錯，但派去照顧飛龍會不會比較好啊？那裡最近一直在吵著說人手不足。」

「嗯……不過我想先讓他們習慣這裡的氣氛，所以還是先進游擊隊吧。飛龍的工作還滿挑人的，就算人手不足，也不能隨便補充。」

「是是是，您說的對。我知道了。就照您說的辦。」

名叫貝蘭薩的小鬼難看地低下頭後，就踏著輕鬆的腳步離開。

「剛才那是……小鬼族？」

「應該說是小鬼族的流浪惡魔。別看他那樣，他的短刀耍得可好了，而且還有足以統率粗暴傢伙的口才，所以我任命他當游擊隊的隊長。」

撒旦接在秦剛的疑問後面回答。

「可、可是由小鬼率領的部隊……真的有辦法構成戰力嗎？」

「指揮官本來就該由頭腦冷靜又有眼光的人擔任。那傢伙的部隊很強喔。雖然貝蘭薩本人算是弱小的惡魔，但他底下有獸惡魔族和骸魔道族出身的強悍流浪惡魔。算是這裡比別人強的代表。」

撒旦指著自己的頭說道，然後拍拍看傻的兩人肩膀。

「那麼，該去下個地方了。」

說完後，撒旦丟下因為被拍肩而縮起身子的兩人，開始前往下個場所。

「這裡……是某種工廠嗎？」

撒旦點頭回答伊魯修姆的問題。

「沒錯。這裡是由多魯多爾夫族在管理，如果你們覺得自己的手夠靈巧，也可以告訴貝蘭薩，請他把你們調來這裡。」

在這個被伊魯修姆形容為工廠的空間裡，有許多被稱為多魯多爾夫族、身材矮小粗壯的少數部族在四處走動。

多魯多爾夫族是在地底生活的種族，同時也是擅長以魔法製作物品的一族。

「飛龍上面的裝備和武器的維修，全都是在這裡處理。不過，你看看那個。喂～戴爾格里弗！」

撒旦又呼喚了某人的名字。一看見來人的外表，伊魯修姆和秦剛又再次睜大眼睛。

名叫戴爾格里弗的惡魔，居然是巨怪族。

雖然包含亞種在內，巨怪族是廣泛分布在魔界各地，人口極多的種族，但他們通常被當成除了蠻力以外，沒有其他優點的愚蠢惡魔。

「什麼事……撒旦大人……是新人嗎……」

戴爾格里弗吞吞吐吐地說著，然後看向伊魯修姆和秦剛。

「嗯。他們是伊魯修姆和秦剛。雖然是目前正在和我們交戰的鐵蠍族的人，不過之後將加入貝蘭薩的部隊。他們的鎧甲和裝備好像全被路西菲爾破壞了，所以就算是應急用的也好，麻煩幫他們準備一些裝備吧。」

「呵呵……交給我吧……」

戴爾格里弗點頭，他從腰包裡拉出一條類似植物藤蔓的東西，強硬地從正面抵在伊魯修姆的肩膀上。

「你、你幹什麼？」

伊魯修姆慌張地喊道，但戴爾格里弗絲毫不放在心上，繼續仔細地將藤蔓抵在伊魯修姆的腰、腳，以及頭到腳跟上面，而且每次都會像是在數什麼似的彎曲粗壯的手指。

等秦剛也因為經歷了同樣的遭遇而嚇得翻白眼後，戴爾格里弗困擾般的用鼻子呼了口氣。

「噗咻……目前沒有……符合這兩個，傢伙的尺寸，必須另外做。」

「那就拜託你盡快處理了。之後預定會有很多他們的同伴加入，所以最好事先做好量產的準備。」

「我知道了……首先，明天，過來一趟。伊魯修姆和，秦剛。」

戴爾格里弗吞吞吐吐地說完後便掉頭離開。

「那傢伙明明是巨怪族，手卻莫名地靈巧。在經過多魯多爾夫族的指導後，居然還學會了鍛造金屬和縫製布與皮革，因為比起在外面作戰，不如讓他待在這裡工作還比較有用，所以他已經持續在這裡做自己喜歡的衣服，做了十年以上。」

巨怪居然會做衣服。怎麼會有這麼滑稽的事情？不過伊魯修姆和秦剛知道自己剛才看見的事實，全都能印證撒旦的話。

「那麼，下個地方就是最後了。之後就會重新回到一開始的問題……」

伊魯修姆和秦剛最後被帶到的地方，是一開始拘留他們的大廳。

不過和一開始不同的是，這次多了幾個人。

「「……！」」

兩人緊張地縮緊身子。因為敵方的大將全都到齊了。

蒼角族族長亞多拉瑪雷克、最強的流浪惡魔路西菲爾，以及連艾謝爾都敬稱其為魔鳥將軍對其警戒的卡米歐。

這些都是無論伊魯修姆和秦剛再怎麼反抗，都不可能敵得過的對手。

撒旦站到伊魯修姆和秦剛面前，開始用跟至今沒什麼不同的語氣替兩人介紹。

「雖然我想你們應該也認識，不過從這位開始依序是亞多拉瑪雷克、路西菲爾，以及卡米歐。他們是我率領的『魔王軍』的核心成員。看到這裡，我想你們應該也明白，我們『魔王軍』的目的，並不是殲滅敵對的部族。而是魔界的統一。」

在這些大惡魔面前，伊魯修姆和秦剛連動都不敢動。不過撒旦說的話，確實有傳進他們耳裡。

「雖然你們現在應該很難相信，但我打算讓你們鐵蠍族跟你們的首領艾謝爾，一起加入我們。不過艾謝爾並非那種只要邀請就會乖乖加入的類型。所以我一直在想要怎麼讓你們加入我們。而最後的結論，就是必須戰勝你們和艾謝爾。」

撒旦沉重地說道。

「我接下來要命令你們暫時背叛。將你們所知道的關於艾謝爾的策略全部說出來。不過，我答應你們。我絕對不會讓你們就這樣一直是背叛者。我一定會將這裡的三個人、艾謝爾，以及你們全都納入麾下。」

「「……」」

伊魯修姆和秦剛忍不住互望了一眼。

然後稍微思考了一下眼前這位不可思議的惡魔，以及自己剛才看見的光景代表什麼意義。

「那麼，我要開始問了。」

兩名鐵蠍族表情恭順地，等待撒旦將說出口的話。

※

「左翼大隊，遭到敵人的埋伏潰散！無法維持陣形，開始後退！」

「右翼游擊隊，遭遇敵人的空襲部隊！進軍距離不到預定的一半！」

「中央大隊，似乎遭遇蒼角族主戰隊！亞多拉瑪雷克和其他無數小部族，對他們發動了波狀攻擊！兩翼部隊陷入混亂，來不及支援中央大隊！包圍戰一旦被突破，就很難繼續維持下去！」

「怎麼會這樣……！」

處理完所有報告後，艾謝爾憤怒地分析戰況。

艾謝爾雖然向路西菲爾預告將進行總體戰，但其實他早已精心作好準備，所以這應該會是一場成功守護族人多年的艾謝爾，在戰場各處發揮戰略，必勝的攻城戰才對。

然而實際開戰後，鐵蠍族的進軍路線悉數被敵人看穿。

特別是在左翼展開的部隊，簡直就像我方的暗號完全被解讀般，被敵人緊咬著不放。

飛龍部隊能突然出現在空中的祕密尚未解開，理應在軍力和實力方面占盡優勢的艾謝爾，清楚理解到鐵蠍族正面臨困境。

「沒辦法了。雖然原本沒打算這麼早就派出他們。」

艾謝爾皺起眉頭，對一位傳令兵下達指示。

「召集潛伏在蒼角岩寨的三千人戰士團！現在如果不派出所有戰力，就無法擊敗敵人！」

「遵、遵命！」

就在傳令兵為了執行艾謝爾的指示衝出去時，新的傳令兵推開他進來。

「急報！岩寨遭到襲擊！」

「「什麼！」」

艾謝爾和收到指示的戰士驚訝地喊道。

「是卡米歐的部隊嗎？」

艾謝爾舉出尚未現身戰場的敵方大惡魔的名字，傳令兵搖頭回答：

「沒發現卡米歐的身影！不過確實是受到一支以帕哈洛．戴尼諾為中心的飛行惡魔部隊襲擊，不僅遇襲……蒼角的岩寨似乎也被敵人奪回去了！」

儘管害怕會讓族長動怒，傳令兵仍提出絕望的報告。

艾謝爾啞口無言。

如果是被魔鳥將軍率領的部隊擊敗也就算了，多達三千名的鐵蠍戰士們，有可能會敗給區區一支帕哈洛．戴尼諾的部隊嗎？

「岩寨那三千名戰士們狀況如何？」

「這個……消息不明，恐怕已經……」

「唔！」

艾謝爾憤怒地咬牙，宛如火箭般急速升到空中。

從上空俯瞰戰場，鐵蠍明顯居於劣勢。敵人於遠方天空戰鬥的飛龍隊在發現艾謝爾的身影後，居然從怎麼想都不可能打中的距離朝這裡發射魔力球，可見敵人多麼游刃有餘。

不悅地僅以視線便消滅魔力球的艾謝爾，在戰場上發現亞多拉瑪雷克和路西菲爾的部隊掀起的沙塵後板起臉。

「到底發生什麼事了……既然亞多拉瑪雷克和路西菲爾在那裡，那卡米歐究竟在……」

就算施展一、兩個策略，也無法對目前的戰況造成多大的影響。

敵軍的首領撒旦不曉得用了什麼魔法，居然接連破解了鐵蠍族長年培育的戰法。

如今艾謝爾能採取的手段已經所剩無幾。

「……該撤退嗎？」

這種策略也是讓鐵蠍族能壯大到像現在這樣的遠因。

艾謝爾非常清楚撤退這個行動所擁有的意義。逃避強大的敵人並不算輸，而是為了獲得未來勝利的布局。

雖然在參透這樣的想法之前，已經有許多同胞被其他部族殺掉，但在族人慢慢理解逃跑的重要性後，鐵蠍族的勢力就一口氣壯大起來。

艾謝爾這次是順應撒旦的挑釁，為了擊潰未來的敵人而行動，不過看來這個判斷還操之過急。

這當然是一種屈辱。可是為了獲得雪恥的機會，現在必須忍耐。

艾謝爾下定決心後，便準備返回地面對各處下達撤退命令。

就在這個時候。

「那個……是什麼？」

艾謝爾看向背後。那裡並非亞多拉瑪雷克或路西菲爾的戰場。

鐵蠍族的背後。鐵蠍族來的方向。

有什麼東西，正從我方的背後靠近這裡。

那不是援軍。除了岩寨的三千名士兵外，鐵蠍的戰士們已經全都集合到這個戰場。

既然如此，那到底是哪裡的部族？

艾謝爾凝神一看。

「那不是，部族……那個……那個到底是什麼！」

艾謝爾驚訝地大喊。

他知道撒旦的軍隊集合了許多流浪惡魔。實際上在戰場上，除了蒼角和帕哈洛．戴尼諾以外也有很多種族。

不過那究竟是什麼？由從來沒看過的數量，從來沒看過的種族組織的混合軍，正像是要突襲鐵蠍軍的背部般朝這裡靠近。

數量將近一萬。

而且無論怎麼想，那支神祕的大軍都不是鐵蠍的援軍。

像是在印證這樣的想法般，艾謝爾發現有一名帕哈洛．戴尼諾族在空中率領著那支神祕的軍隊。

撒旦的軍隊又多了一萬名士兵，而且還出現在鐵蠍軍的背後，這讓艾謝爾頓時感到絕望。

他過去從來沒有遇過這種狀況。

不對，應該說魔界的所有惡魔都沒有遇過。

即使從人類世界的角度來看非常原始，艾謝爾還是經常擬定不受魔界惡魔的常識拘束的作戰，為鐵蠍帶來繁榮。

而這次領先他一步的人，即將終結這條繁榮的道路。

攻擊的手段被封住，退路也被截斷。

戰士的總數仍是鐵蠍占上風。只要不惜做出犧牲，應該也有可能撤退吧。

不過撤退之後，鐵蠍的實力將會大幅減弱。組織了恐怖混合軍的神祕男子，撒旦。自己跟族人恐怕將被迫過著害怕那男人的影子、被其他部族獵殺的生活。

如今無論前進或撤退，等待的都是地獄。

既然如此。

「作為鐵蠍的戰士，只能殺一個算一個！」

「亞多拉瑪雷克！那傢伙來了！」

亞多拉瑪雷克用魔槍一擊將周圍的鐵蠍戰士打飛，然後看向路西菲爾指的方向。

就在由亞多拉瑪雷克和路西菲爾帶頭的突擊部隊勢如破竹地擊倒鐵蠍族的戰士們，即將攻進敵軍大本營時。

「來了嗎？鐵蠍首領！」

「雖然看起來不像是在自暴自棄，但要是他認真起來就麻煩了！」

「這我知道！哼！」

亞多拉瑪雷克正面迎戰朝這裡飛過來的艾謝爾，笑著將魔槍豎立在戰場的地面。

魔槍的槍尖與戰斧部分沾染了血濺沙場的戰士們的血液。

「呼嗚嗚嗚嗚……艾謝爾啊，保護我身體的可是曾在你的戰士們體內流動的性命喔！」

覆蓋重新舉起長槍的亞多拉瑪雷克全身的冰之鎧甲，是由鮮血塑造而成。

「給我退下！」

就在身穿並非魔冰而是血冰鎧甲的亞多拉瑪雷克的長槍，與高速飛來的艾謝爾的鋼鐵之拳激烈衝撞的瞬間。

「喔哇啊啊！」

光是這道衝擊，就將理應有所提防的路西菲爾遠遠震開。

亞多拉瑪雷克腳邊的地面被轟出一個像隕石坑的洞，而亞多拉瑪雷克自己也因為這股威力而忍不住跪倒在地。

「鐵蠍的戰士們啊！」

僅憑力量就制伏了亞多拉瑪雷克的魁梧身軀與強大臂力的艾謝爾，以整個戰場都聽得見的響亮聲音大喊：

「如果不撐過這個局面，鐵蠍就沒有未來！跟著我艾謝爾前進！目標是敵人的首領！」

「喔喔喔喔喔喔喔喔喔喔喔！」

戰場各處，響起原本居於劣勢的鐵蠍戰士們的吼聲。

「咦，感覺氣氛不一樣了？」

被震飛後重新穩住身體的路西菲爾，發現鐵蠍的戰士們再度燃起了鬥志。

「呃～既然那傢伙跑來這裡，就表示卡米歐從後面來了吧？為什麼會變成這種狀況呢？」

「……這表示……他們就是如此信任這傢伙！」

回答路西菲爾疑問的，是亞多拉瑪雷克。

為了化解艾謝爾的力量，他用力向後跳拉開距離。

「艾謝爾這名最強的戰士親自前往最前線帶領士兵。就跟我們剛才做的一樣。光是這樣，就能提振士氣。」

「……真單純。不過就是這樣才麻煩，那是什麼？」

在路西菲爾眼中所看見的，是在和亞多拉瑪雷克交鋒後被拉開距離的艾謝爾，用力張開雙手的瞬間。

「嗯？那是！」

亞多拉瑪雷克也注意到了。戰場上的無數岩石在艾謝爾背後浮了起來。

那是十年前擊倒眾多蒼角族戰士的念動砲彈。

「哇哇哇哇哇哇哇哇哇哇哇啊啊啊啊啊啊？」

無數飛來的岩石，和十年前一樣毫不停歇地落下。

「唔！這個連續攻擊！到底！要怎麼應付！」

亞多拉瑪雷克開始揮舞魔槍擊碎飛來的岩石。

「我、我怎麼知道！這麼多顆唔哇好痛！」

路西菲爾也屈服在這數量下，翅膀接連被飛來的岩石擊中。

毫不停歇的念動砲彈真面目，就是讓施法者分班輪流進行砲擊的波狀攻擊。

雖然一次能發射的數量會變少，但由於魔力能長期持續，因此能夠毫不停歇地進行砲擊。

這種不依靠單擊的威力、改採波狀攻擊的方法，也是艾謝爾在漫長的歷史中想出來的。

利用鐵蠍的組織力發射的念動砲擊，讓亞多拉瑪雷克和路西菲爾突然被迫陷入防禦狀態，

艾謝爾當然不會放過這個機會。

「亞多拉瑪雷克，路西菲爾，雖然我要找的不是你們，但還是要先收下你們的人頭。」

說完後，艾謝爾的雙手發出看不見的念動力，輕鬆抓住光是為了躲避岩塊就忙不過來的亞多拉瑪雷克和路西菲爾。

「唔喔？這、這是……」

亞多拉瑪雷克因為感覺身體突然變重而驚訝地喊道。

「啊，糟糕！這到底是什麼！居然看不見，未免太卑鄙了！」

明明沒像夜襲時那樣遭遇偷襲，但不曉得是因為被念動砲彈吸引了注意力，還是艾謝爾的技巧過於精湛，路西菲爾也被艾謝爾的力量抓住了。

「魔冰鎧甲？紫光熱線？總是依賴那種單純的力量，而不懂得磨練戰鬥方式的你們，根本就不是我鐵蠍的對手！」

「嗯！唔！唔喔！呃啊啊！」

「哇，可惡！混帳！好痛！好痛痛痛！」

艾謝爾利用普通鐵蠍根本無法相比的魔力，使出渾身解數束縛亞多拉瑪雷克和路西菲爾的行動。

而且在這時候，還有許多瞄準亞多拉瑪雷克和路西菲爾的念動砲彈。

念動砲彈開始毫不留情地，命中動作突然變得不靈活的兩人。

亞多拉瑪雷克和路西菲爾當然不會就這樣任人宰割。不過現在對兩人施加念動魔法的是艾謝爾，而鐵蠍的戰士們雖然不及艾謝爾，但也是一流的戰士。

「唔！」

「可惡！唔哇啊啊！」

雖然亞多拉瑪雷克試著以遲鈍的動作勉強閃躲，但念動砲彈的數量實在太多，持續承受威力驚人的砲彈，讓血冰鎧甲開始緩緩出現裂痕。

路西菲爾試著用和之前相同的方法從空中發射熱線攻擊艾謝爾，以逃離他的魔法，但由於鐵蠍的施法者們圍繞在艾謝爾身邊，保護他不受到路西菲爾的攻擊，因此束縛的力道完全沒有減弱。

兩位突擊隊長同時被封住行動，讓其他惡魔的進軍速度也跟著變慢，鐵蠍開始在各處扳回劣勢。

不過艾謝爾也知道，即使自己親上前線暫時扭轉情勢，也無法維持多久。

由卡米歐率領的混合軍正從後面趕來。

若讓兩隊人馬會合，鐵蠍的軍隊恐怕會一口氣瓦解。必須在那之前分出勝負，重新集結兵力朝某個方向突破才能找出活路。

「魔法師！過來幫忙！哪一個都行，先徹底封住其中一個人的行動！」

「啊，是！」

「路西菲爾！」

艾謝爾率領的鐵蠍魔法師隊的判斷是正確的。

能夠透過遠距離攻擊妨礙施法的路西菲爾，是這現場最大的障礙。

剛才幫艾謝爾抵擋攻擊的鐵蠍魔法師們，一齊對路西菲爾使用念動魔法，漂亮地封住了他的行動。

「可、可惡！這、這群小嘍囉啊啊啊啊！」

額頭浮現血管的路西菲爾拚命想要逃跑，但就連艾謝爾一個人的力量都無法掙脫。

「殺了他！」

在艾謝爾的號令下，鐵蠍戰士們的劍、槍與念動砲彈都飛向路西菲爾。

「這樣就能先收拾一個棘手的敵人……」

「別想得逞！」

「唔……！」

下一個瞬間，同時發生了許多事情。

攻向路西菲爾的所有鐵蠍戰士全被彈飛。不只如此，束縛路西菲爾和亞多拉瑪雷克的念動魔法也被中斷了。

施法者和路西菲爾間的魔力流動遭到切斷所產生的衝擊，居然全返回施術者的身上。

「咿欸！」

「唔嘎！」

艾謝爾周圍的施法者全都無法承受衝擊，就這樣被彈飛。

「唔呃！」

艾謝爾的身體也因為念動魔法被切斷而劇烈搖晃。

一個惡魔提著一把劍，屹立在路西菲爾和艾謝爾之間。

來人擁有兩隻角、冰之劍，以及穩穩踏在大地上的巨大雙蹄。

「……你總算現身了，撒旦……」

「你自己倒是拖了滿久才出現呢，艾謝爾。」

從鐵蠍的凶刀中救出路西菲爾的撒旦，將看起來剛揮過的冰劍靠在肩膀上。

「喂，路西菲爾，亞多拉瑪雷克。按照計畫，帶軍隊撤退。」

「囉嗦！」

撒旦對背後的路西菲爾下達指示，但擺脫念動力的路西菲爾正火燒心頭。

「居然敢小看我！我才不會就這樣罷休！」

「……路西菲爾，退下。」

「別開玩笑了，亞多拉瑪雷克！都被人這樣看不起了，怎麼能說退就退……」

「喂，路西菲爾。」

撒旦一臉厭煩地轉頭看向正準備攻擊身邊鐵蠍的路西菲爾。

「這都要怪你自己大意。要不是我中途插手，你已經輸給艾謝爾了。承認吧。」

「你說什麼！」

「反正這傢伙對這結果一定也很不滿，所以如果想跟他再戰，之後有的是機會。不過現在先交給我，你退下吧。」

「…………！」

路西菲爾雖然難掩憤怒，但在撒旦和亞多拉瑪雷克的制止下還是不甘願地收起殺氣。

不願意罷休的反而是艾謝爾。

「你要讓軍隊撤退？」

「喔，對了對了，不好意思，艾謝爾。難得你親自上了前線。我今天來，是有個提議想跟你商量。你接下來就在這裡和我單挑吧。」

「……………………你說什麼？」

艾謝爾花了一點時間，才理解撒旦的話。即使撒旦說得乾脆，內容仍是難以理解。

「我想想，如果你贏了，你可以殺了我，同時我的所有軍隊也任你處置。不過，如果我贏了……」

撒旦將冰劍指向艾謝爾，高聲宣言。

「鐵蠍首領艾謝爾。你本人和所有的鐵蠍族戰士，就由我收下了。」

撒旦的提議，對艾謝爾來說實在是難以置信。

大將之間的單挑。

而且勝者將瞬間成為在場所有惡魔的首領？

這過於荒唐的提議，讓艾謝爾遲遲下不了決定。

這傢伙到底在說什麼——這是艾謝爾純粹的感想。

「坦白講，這場戰爭現在已經是我們贏了。不過只要你強硬抵抗，就能在付出莫大犧牲的情況下帶鐵蠍逃離這個戰場。你就是因為這麼想，所以才會出現在這裡。我說得沒錯吧？」

被看穿了。雖然心裡感到焦急，但無論艾謝爾現在肯定還是否定，狀況都不會改變。因為艾謝爾該做的，就是打倒眼前這個男人，就只有這樣而已。

然而，眼前這名惡魔又繼續說出更莫名其妙的話。

「你也不願意就這樣撤退吧。我給你反抗我的機會。不過，如果滿意了就跟隨我。這麼一來，無論是你或鐵蠍族，都不用白白喪失性命。」

「……你認為，你一個人有辦法打贏我？」

「如果沒有勝算，我當然不會說這種話。不過因為無法保證必勝，所以你也有優勢。在我們單挑的期間，我絕對不會對其他人出手。卡米歐率領的軍隊，也從我出現在這裡時起，就停止進軍了。我不會讓任何人來打擾。」

雖然難以置信，不過撒旦似乎是真的打算和艾謝爾單挑。

撒旦看起來也是相當有實力的惡魔，但即使如此，仍然不像亞多拉瑪雷克或路西菲爾那樣隱藏了壓倒性的力量。

這表示這個男人的本領，果然還是在於智慧與戰術。

「你的話根本就沒有任何能相信的根據。」

艾謝爾毫不大意地擺出架式開口：

「誰能保證我和你單挑時，不會有其他人從中介入。這對你來說也一樣。你真的以為鐵蠍的戰士們會配合你的鬧劇嗎？」

「正是要能想到這點的人，才具備足以領導現場所有人的器量。」

撒旦如此說道，不過他又隨即回嘴：

「要是有哪一邊的人耍詐，那到時候也只會遵照魔界以前的傳統，繼續展開總體戰而已。這也沒什麼問題吧？因為這就跟平常一樣。」

「……」

艾謝爾不自覺地眨了幾下眼。

雖然或許愚蠢，但他在心裡也同意了撒旦。

即使單挑不成立，結果也只會和平常一樣，自己到底在小心什麼？

「不過，要說有什麼地方和以前的魔界不同。」

撒旦用沒拿劍的手指向紅色的天空。

「那就是只要我和你遵守單挑的約定，能活下來的傢伙就會增加，一個更加龐大的團體也會隨之誕生。」

這個瞬間，艾謝爾在撒旦指的方向看見了前所未見的景色。

一大群惡魔，聚在巨大的建築物裡高聲吶喊。

亞多拉瑪雷克、路西菲爾、卡米歐、沒見過的大批惡魔，以及自己都在那裡。

魔界全境的惡魔，都臣服在自己腳下。

能夠達成這項霸業的，究竟是那幅光景裡面的誰呢？

「……你說話小心一點。」

「嗯？」

「如果我和你決鬥完後，會有更巨大的團體誕生，那也只有在你贏的時候會是如此。現在就認定自己會贏，會不會太早了一點。」

「……啊，被你發現啦。」

撒旦毫不愧疚地笑道。

「不過要是你贏了，我覺得收下我培育的這些部下也不會有損失喔？唉，雖然整合起來或許會有點辛苦，但這就要看你的器量了。」

「哼。」

艾謝爾嘲笑撒旦的提議。

「好吧，我就接受你的提議，跟你一對一對決。」

「喔！」

「不過！」

艾謝爾再度瞪向面露喜色的撒旦。

「我是艾謝爾！驕傲的鐵蠍族之長！我的霸道不需要借助其他惡魔之手！在我獲勝之時，無論必須花上多長的時間，我都會毀滅你留下的一切！」

「……你還真頑固，跟外表一模一樣呢。」

面對艾謝爾的宣言，撒旦反倒是開心地笑著，重新提起冰劍。

「唉，不過就是這樣才有招攬的價值。」

撒旦和艾謝爾一口氣提高魔力，戰場上所有戰士的注意力都集中到兩人身上。

弱小部族的少年惡魔，撒旦的冰劍，和大豪族族長的鋼鐵之爪，在魔界的荒野激盪出劇烈的聲響。

※

「然、然後怎麼樣了？」

千穗興奮到從被爐上探出身子催促後續，蘆屋微笑地說道：

「既然我現在在這裡，那結果可想而知。我在一對一的決鬥中輸給魔王大人，鐵蠍族就這樣加入了『魔王軍』。」

魔界的生活究竟是怎樣呢？

千穗因為真奧的一件披風產生的疑問，帶出了真奧、漆原以及蘆屋相遇的故事。

等回過神時，太陽已經快要下山了。

「將鐵蠍族納入麾下的魔王大人，正式以『魔王軍』的名義開始活動，並自稱為魔王軍首

領『魔王撒旦』，成為附近的惡魔們無人不知的存在。佐佐木小姐所知的魔王軍，就是在這時候成立的。」

「結果卡米歐先生帶來的援軍，到底是從哪裡來的啊？」

「啊，那的確是援軍沒錯……該怎麼說……嗯，對了。那似乎是戰時徵用，或者該說是策略的結果。」

「策略？」

「在亞多拉瑪雷克和路西菲爾於戰場上大鬧時，卡米歐大人之所以一直不見蹤影，是因為在戰爭期間到遠方出差，繼續招攬小部族和流浪惡魔加入。鐵蠍族因為所有戰士都前往戰場，所以未能察覺這項舉動，這就是我們被夾擊的真相。」

「喔……原來惡魔們就是像這樣時而戰爭，時而商談，才聚集在一起的啊……咦？可是剛才的故事裡，好像沒有出現馬勒布朗契的人們……」

千穗將手抵在下巴，困惑地說道。

千穗在日本遇過的來自異世界安特・伊蘇拉的魔界居民，有眼前的蘆屋四郎艾謝爾、這個房間的主人魔王撒旦真奧貞夫、路西菲爾漆原半藏、在剛才的故事裡稱呼和千穗所知不同的惡魔大尚書卡米歐，以及和蘆屋跟漆原同為惡魔大元帥之一的馬納果達的部下，馬勒布朗契的頭目們。

「和馬勒布朗契的邂逅，又是更之後的事情了。我記得是差不多是在前往魔王都撒塔奈斯亞克的時候。在那之前，為了不讓卡米歐大人、亞多拉瑪雷克、我，以及路西菲爾之間的身分產生差距，我們並非惡魔大元帥，而是被稱作『四天王』，並擁有各自的稱呼。包含魔王大人在內，我們五人全都自稱為『王』，這是為了遵守魔王大人一開始和路西菲爾……和漆原約好的『只要不滿意隨時可以離開』的約定。」

「所以卡米歐先生，才會是魔王軍最初的惡魔大元帥啊。」

「從和魔王大人相遇的順序來看，就是如此。」

蘆屋點頭肯定。

「卡米歐大人教了我很多事。他在我和亞多拉瑪雷克正值壯年時，就已相當高齡，變成只剩少數豪族還記得的過去的存在，不過如佐佐木小姐所知，他真的是一位老當益壯的老人。」

「我也完全不覺得卡米歐先生是位老人呢。」

千穗苦笑。

因為千穗認識的卡米歐，是一隻衰弱地躺在銚子海之家的紙箱裡，會邊「嗶嗶」叫邊被真奧的「女兒」阿拉斯．拉瑪斯追著跑，並在失言後差點被當成雞肉咖哩材料的黑色胖雞。

「那麼，之後還有發生什麼事嗎？」

千穗對魔王撒旦真奧貞夫抱有好感，因此一旦意外獲得知道真奧過去的機會，便積極地想要打探，但不巧的是，她包包裡的手機因為收到簡訊開始震動。

「不好意思，我看一下電話……啊！」

「怎麼了嗎？」

「呃，我媽媽……突然拜託我買東西回去。」

「那就沒辦法了。後續的事就等改天有機會再說吧。今天真不好意思。難得妳特地過來一趟，結果不只魔王大人出門，就連貝爾他們最後也沒回來，變成我一個人白留妳在這裡。」

「不會啦，雖然這麼說對真奧哥不好意思，但我也因此聽見了寶貴的事情……而且……」

說到這裡，千穗有些愧疚地向蘆屋低頭致歉。

「對不起，感覺害你回想起難受的事情。」

「嗯？」

蘆屋露出不解的表情。雖然談論自己還不成熟時的事情確實可能會有點難為情，但千穗應該沒有道歉的必要。

或許是理解蘆屋內心的想法，千穗輕輕搖頭。

「我不是這個意思。因為……」

千穗筆直看著蘆屋的眼睛說道：

「無論是亞多拉瑪雷克先生，或是蒼角族跟鐵蠍族的戰士們，還有許多流浪惡魔的人們……現在，都已經不在了。」

「……啊。」

蘆屋總算理解千穗在擔心什麼了。

「的確，是這樣沒錯。」

由統一魔界的撒旦率領的魔王軍，除了一部分的戰士以外，幾乎都參與了侵略安特・伊蘇拉的行動。

而當中的大半，都因為遭到以勇者艾米莉亞為首的人類世界的反擊，喪失了性命。

特別是蒼角族與鐵蠍族，一直到魔界統一事業的後期都持續擔任主力，在入侵安特・伊蘇拉時也背負了龐大的責任，因此幾乎所有人都在與人類的戰爭中去世了。

「感謝妳的關心。」

蘆屋坦率地接受了千穗溫柔的心意。

坦白講，就像魔界的惡魔那樣，魔王軍也是因為力量輸給勇者率領的人類們才會落敗，所以姑且不論悔恨，蘆屋並沒有特別的感慨。

不過「人類」在這種時候，一定會「悼念」死去的同伴。即使那對「人類」而言，那是帶來龐大災害、罪孽深重的侵略者——惡魔們的故事也一樣。

「謝謝你願意告訴我這些事，我絕對不會告訴別人的。」

而且千穗也知道自己的這種想法，對她那些重要的朋友們而言，絕對不會是件好事。

所以她不會把今天的事情告訴任何人。無論是蘆屋願意告訴她的事情、她聽說的事情，還是自己的這份想法。

千穗道完謝後，用力吐了口氣轉換表情，規矩地將裝過麥茶的杯子收拾到流理臺後，才走去玄關穿鞋子。

「那麼，我先告辭了。不好意思，要給鈴乃小姐和諾爾德先生的煎蛋，就拜託你轉交了……希望漆原先生能夠早點回來。」

「…………這個嘛。既然確定他不會亂花錢，那就算讓他繼續在房東的管理下住院，也不會有什麼問題……」

「啊哈哈……」

蘆屋以認真的語氣說道，千穗只能回以苦笑。

二〇一號室的居民漆原半藏，正因為種種原因被迫住院。

最近因為一些事情，蘆屋和真奧有段時間離開日本返回安特．伊蘇拉，而漆原就是因為在這段期間碰上某個麻煩，才在知道真奧等人真面目的神祕女性，志波美輝的安排下住院。

雖然漆原應該就快出院了，但當他回來後，應該又會因為跟以前不同的理由，替真奧和蘆屋帶來麻煩吧。

儘管對真奧和蘆屋不好意思，但對現在的千穗而言，那已經是無可取代的日常光景。

「那麼，我先告辭了。請幫我向鈴乃小姐和諾爾德先生問聲好。」

「我知道了。請妳回去時路上小心。」

在送千穗出門，並等到聽不見外面公共樓梯的聲音後，蘆屋輕輕嘆了口氣。

出乎意料地聊起往事的蘆屋，看著逐漸下沉的夕陽，回想起另一段沒告訴千穗的事情。

原本打算一瞬間分出勝負的艾謝爾，等注意到時已經逐漸居於劣勢。

撒旦的實力，遠遠超出艾謝爾記憶中的黑羊族。

魔鳥劍士的頭腦與劍、蒼角族首領的力量與魔法、以路西菲爾為首的眾多流浪惡魔和小部族的技術，撒旦充分運用這些能力步步進逼，最後終於擊敗艾謝爾。

自己會被殺掉。過去的經驗，讓艾謝爾反射性地這麼想。

然而，撒旦的魔力並未奪走艾謝爾的性命。

「分出勝負了。從現在開始，鐵蠍族與族長艾謝爾，都要加入我的……『魔王軍』。」

「你說……什麼？」

「你雖然沒有像卡米歐那樣的智慧，但仍擁有懂得思考的頭腦。跟隨我吧。要不要跟我

們一起，讓鐵蠍的名號在魔界變得比現在還要響亮好幾倍，跟我一起打造一個光是聽見你的名字，就連魔界盡頭的惡魔都會感到敬佩的世界啊？」

「我怎麼可能答應那種事……」

艾謝爾試著抵抗。向年輕惡魔低頭，他不想做出這種有辱大豪族驕傲的事情。

然而，撒旦冷酷地宣告：

「不願意就算了，不過你要是無意義地死在這裡，我可不會放過倖存的鐵蠍喔。」

「！」

「只要你活著，鐵蠍也能全部活著。但要是你死在這裡，鐵蠍也得全部陪葬。選擇吧，豪族的首領，是那種寧願犧牲所有人民的性命，也要維護自己尊嚴的名號嗎？」

落敗和生存是連繫在一起的。

一直到現在，艾謝爾仍認為當時的自己還不了解這點。

不過就結果而言，撒旦非常有耐心地說服自己，而自己最後也成為以身為魔王撒旦的左右手自豪的首席惡魔大元帥，輔佐撒旦和魔王軍的霸業。

「真的是來到了很遠的地方呢。」

蘆屋看向窗外由人類的生活打造出來的街景。

「即使如此，我還是認為自己能做的都做了……」

混在從遠方傳來的豆腐店的喇叭聲裡，外面傳來現在已經融入蘆屋與真奧的生活、住在隔壁的女性回家的聲音，蘆屋聽見後自嘲地嘟囔道。

「我還能再看見像當時那樣的夢嗎？」

沒有人能夠回答這個問題。

※

鐵蠍族，加入撒旦的麾下。

魔界的惡魔們之間，幾乎所有的種族都是互相敵對的關係，即使如此，這項情報還是瞬間傳遍半個魔界。

那個同時將蒼角的亞多拉瑪雷克與鐵蠍的艾謝爾，連同他們的軍隊一起納入麾下的惡魔的名字，也變得廣為惡魔所知。

「看起來滿壯觀的呢！」

開始正式對外自稱「魔王」的撒旦，在將卡米歐、路西菲爾、亞多拉瑪雷克與艾謝爾集合

到湖畔山地的洞穴內後說道。

「那麼，既然人變得這麼多，得想辦法讓組織內部的運作變得更圓滑才行。所以我打算建立『國家』。」

「『國家』？」

這個陌生的詞彙，讓艾謝爾驚訝地問道。

「沒錯。既然這麼多不同種族的人都參加了同一個組織，就必須分別管理才行。不擅長作戰的人，擅長製作什麼的人。我會鑑別這些人替他們分組，一一審查他們派得上哪些用場。然後將那些組分別交給你們率領。你們四人的立場都是平等的。要是有誰特別偉大，你們一定會吵架吧。」

「說得也是。至少我的地位絕對不可能比這傢伙低。」

因為還對念動魔法的事情懷恨在心，即使有撒旦和亞多拉瑪雷克出言勸諫，路西菲爾還是經常對艾謝爾表露敵意。

「關於你們的立場，我會想個好聽的稱呼。然後，艾謝爾。」

「……」

「你基本上是和卡米歐合作……別板著一張臉啦。你現在不用發誓對我效忠沒關係，就當作是為了將來能背叛我，先盡可能從卡米歐那裡多偷一點技術和智慧吧。」

「唔……」

「嘎哈哈！不過如果你想危害撒旦，我可不會默不作聲啊！」

亞多拉瑪雷克豪邁地對因為內心被看穿而動搖的艾謝爾笑道。

「等『國家』的力量充實以後，我們再前往南方。」

「南方……難不成，你打算挑戰馬勒布朗契？」

亞多拉瑪雷克和路西菲爾也對卡米歐的話感到驚訝。

馬勒布朗契族是連艾謝爾都不敢出手的魔界一大勢力，率領該族的大頭目馬納果達，被譽為是最接近「古代大魔王」的大惡魔。

「雖然馬勒布朗契也是我們遲早必須對上的對手，但我的目的還要再更前面。」

「你說，更前面……難不成？」

似乎從這個答案發現什麼的艾謝爾驚訝地說道。

「沒錯。在廣大的馬勒布朗契地盤的對面。魔界唯一的『古代都市』撒塔奈斯亞克。古代大魔王的住所。」

魔王撒旦和惡魔大元帥艾謝爾，就是在這裡踏出統一魔界霸道的第一步。

等平定魔界全境，進攻安特．伊蘇拉的魔王軍被勇者艾米莉亞打敗，抵達異世界——日本的笹塚時，已經是在那之後兩百年的事情了。

打工吧！勇者大人們 -a long time ago-

瓦修拉馬城塞位於將南大陸分割成南北兩區的奧呂帝瑪大沙漠中央，在魔王軍入侵前，這裡在南大陸算是一個特異的獨立國家。

做為綠洲都市，這裡自古以來交易就非常發達，但畢竟是在大沙漠中，所以人類居住的國土絕對稱不上廣大。

面積只有約二十五平方公里的國土在被綠洲、街道與城牆包圍後，就成了一個宛如停留在沙漠裡的巨龜般固若金湯的城塞國家。

願意定居在嚴苛氣候環境內的人民絕對不算多，但正因為出生在這種嚴酷的環境，南大陸才會擁有最強的戰士團。

在魔王軍入侵的久遠以前。安特·伊蘇拉的中世史甚至曾出現只要得到瓦修拉馬人民的支持，就能稱霸南大陸的記載。

就結果而言，目前在南大陸擁有最大版圖的哈倫王國，在中興時代也曾經和瓦修拉馬城塞的支配者締結同盟，以借助他們強悍戰士團的軍事力——據說那些戰士全都具備能獨自在大沙漠的嚴苛環境存活的技術。

拜此之賜，現在的哈倫宗家國支配了包含奧呂帝瑪大沙漠在內的整個南大陸南部。

從中興期到現代，曾是一個巨大國家的哈倫王家開始分裂，許多由未繼承宗家國的王族治理的分家國，在漫長的歷史中接連於大陸北邊崛起。

分家國成立的原因大多是因為內亂或政變，就結果而言，宗家和分家國之間的關係變得險惡，經常在國境附近產生小規模的爭執。

從其他大陸的角度來看，就只是一個巨大的家族不斷產生內亂，由於不常產生大規模的戰鬥，因此其他大陸也不打算介入調停，對南大陸人民而言不幸的是，這個狀況直到魔王軍入侵時都仍未解決。

面對馬納果達軍的入侵，哈倫諸王國別說是攜手合作，就連互相聯絡都沒有便遭到鎮壓。

據說這些感情差到這種程度的分家國，之所以能在勇者艾米莉亞登場時跨越嫌隙，團結一致地對抗南大陸北邊的馬納果達軍，主要是因為瓦修拉馬的戰士團發揮了極大的影響力。

成功解放西大陸與北大陸的勇者艾米莉亞在攻略南大陸時，並未選擇受到魔王軍中央大陸的根據地強烈影響的北邊，而是透過海路繞了一大圈從大陸南部登陸嘗試反擊。

艾米莉亞等人不屈不撓地努力說服連這種時候都不願聯手的分家國國王和老臣子們。

最後是靠瓦修拉馬的支配者，戰士長拉吉德集結潛伏在沙漠中的戰士們，在經過一場自西大陸的神聖．聖．埃雷帝國皇都解放戰以來的大會戰後，才解放了哈倫宗家。成功將馬納果達軍趕到沙漠的北邊。

成功解放南大陸南邊的艾米莉亞等人，是在其中一個分家國——哈倫．塔架分家國滯留時，收到一件關於瓦修拉馬城塞的諮詢。

雖然與馬納果達軍主力進行過一場激戰的艾米莉亞等人，在完成療養與休養後已經決定好下一個目的地，但就在這時候，年輕的哈倫．塔架分家國王埃茲拉姆哈，將艾米莉亞等人請到王宮辦公室，表情嚴肅地與他們商量某件事。

「瓦修拉馬城塞的狀況有異？」

「就是宗家解放戰時～成為軍隊中心的～那個沙漠戰士團的國家吧～因為當時拉吉德戰士長也在戰線上～所以我還記得～」

艾美拉達皺起眉頭。

「艾美拉達大人說得沒錯。」

埃茲拉姆哈王點頭。

「宗家解放戰後，已經過了兩個星期，託各位的福，分家之間也開始積極地打算商討關於復興的議題。不過，我們突然和自願擔任會談仲裁人的瓦修拉馬失去了聯絡。」

「失去聯絡這個詞聽起來不太妙呢。該不會是北邊的馬納果達軍做了什麼吧？」

埃茲拉姆哈王似乎也有和艾伯特一樣的擔心。

「雖然無法排除這個可能，但如各位所知，瓦修拉馬在宗家解放戰中從沙漠各處聚集了不輸昔日的戰力。因此難以想像瓦修拉馬在成功解放哈倫全家後，就立刻遭到足以讓他們音訊不通的損害。」

「嗯，的確。」

奧爾巴也同意埃茲拉姆哈王的看法。

「我記得無論宗家還是分家，都有能用來和瓦修拉馬聯絡的特殊祕術或暗號，連那些都無法發揮功用嗎？」

「您居然連這個也知道。」

奧爾巴的問題讓埃茲拉姆哈王嚇了一跳，但他馬上就恢復冷靜說道：

「其實那個祕術，在我從前任當家那裡繼承之前，就因為馬納果達軍的侵略而失傳了。說來慚愧，我塔架分家國在這場戰爭中，已經被強制『年輕化』了。今後還必須向至今並未建立良好關係的其他分家國低頭，重新輸入上一代的技術或儀式才行。」

這麼說的這位埃茲拉姆哈王，同時具備身為王的確切威嚴與實務能力。這位擁有南大陸特有的褐色肌膚和蘊含堅毅意志的褐色眼睛、留著鬍子的可靠男子，雖然廣受國民的愛戴，但令人驚訝的是他還只有十幾歲。

先王因為馬納果達軍的入侵，年僅五十歲就辭世。而負責輔佐這位臨時繼位的年輕國王的老臣們，也在馬納果達軍的侵略下遭到全滅，導致現在的塔架分家國無論政治還是軍事領域，

國家機關的最高負責人都只有三十五歲。

「其他分家國應該也都有察覺瓦修拉馬的異狀……說來慚愧，每個地方都為了在復興會議中領先一步，而拚命想要加深和瓦修拉馬的關係。」

「所以您打算利用將前往北方追討馬納果達的我們，擔任和瓦修拉馬之間的聯絡人嗎？」

「坦白講就是如此。雖然說是代價也有點微妙，但關於路上所需的移動手段、飲水和糧食，全都由我來買單，而且別說是到瓦修拉馬，我將負擔各位所有穿越奧呂帝瑪大沙漠所需的物資。」

埃茲拉姆哈王毫不畏懼地回應艾伯特的挑釁，此外並非由國庫支出，而是自掏腰包這點，也充分表現出埃茲拉姆哈王這個人的頑強與誠實。

「原來如此，這對我們彼此而言都算是件好事。」

一想到年輕國王將面臨的未來，艾伯特便露出苦笑，埃茲拉姆哈王也聳肩回應。

姑且不論未來還必須和其他由老人治理的分家國周旋的埃茲拉姆哈，艾伯特對另外三人說道：

「這不是很好嗎？反正我們本來就必須經過瓦修拉馬，才能夠穿越奧呂帝瑪大沙漠。」

「說得也是。」

「沒有異議～」

「國王陛下。在陷入音訊不通前，瓦修拉馬的狀況如何？」

艾米莉亞在所有人都做出決定後問道。

「這個嘛，艾美拉達大人先前提到的瓦修拉馬戰士長拉吉德大人，在解放戰結束時曾經說過一句不吉利的話。」

「不吉利的話？」

「是的。」

埃茲拉姆哈王表情嚴肅地點頭。

「『必須在瓦修拉馬被龍吞噬前趕回去』……」

※

「那個『龍』到底是什麼意思？」

謁見結束後，周邊的氣溫也隨著夕陽西下急速下降。

為了準備啟程前往瓦修拉馬城塞，快步走在塔架城邑的艾米莉亞一行人，開始討論關於埃茲拉姆哈王所說的話。

「是指魔王軍使用的那種野獸嗎～～還是指世界各地的神話裡的龍呢～～」

「不過那個戰士長有提到瓦修拉馬會被吞噬吧？世上真的有能夠吞下整座城的野獸嗎？」

「我巡迴世界已經有很長的時間，但從來沒聽說過那種野獸。那該不會是某種比喻吧？」

艾美拉達、艾伯特和奧爾巴，似乎都不太清楚龍這個單字代表什麼意思。

「如果是比喻，那會不會是某種自然現象？例如沙暴之類的。」

「雖然很可能是指自然現象，但我不認為沙漠之民會因為區區沙暴就斷絕音訊。」

「我沒去過瓦修拉馬～～不過綠洲都市附近應該有河川吧～～會不會是那條河川氾濫之類的～～？」

「水量增加對沙漠來說應該不是件壞事，無論如何，這些說法都有些薄弱。」

即使四人一起討論，感覺也得不到結論。因為預測發生在瓦修拉馬的事情應該與魔王軍無關，所以他們討論時也沒什麼緊張感。

考慮到戰士長拉吉德的發言，那個被稱做「龍」的狀況，應該是事先就能預測的事情。既然瓦修拉馬的支配者拉吉德早有預測，瓦修拉馬應該也有舉國演練某種對策才對。

馬納果達軍的侵略當然也有對瓦修拉馬造成影響，考慮到在哈倫宗家解放戰時聚集的戰士團數量，就算說那裡的國家機能衰退得比哈倫諸王家都要嚴重也不奇怪。

「唉，總之多做點準備總是件好事，等今天和明天早上再檢查一下有沒有缺什麼東西後，我們就出發吧。畢竟騎駱駝跨越沙漠得花上一個星期。特別是奧爾巴，你年紀已經不小了，拜託你別又像之前那樣中暑昏倒啊。」

「唔，你怎麼老提這件事！」

在剛登陸南大陸時，光頭的奧爾巴曾在取得用來應付高溫乾燥氣候的防曬頭巾之前，因為頭被太陽整整曬了兩天而倒下。

以這年紀來說身體算是硬朗的奧爾巴，就算意外地失態也只會令人莞爾，但由於在那之後，一道清晰的曬痕在奧爾巴剃過髮的頭部上殘留了好一段時間，因此艾伯特沒事就會拿這件事情出來取笑。

「算了啦。不過艾伯說得沒錯。我們明天還是順便去早市收集一些情報吧。」

艾米莉亞笑著打圓場，拉開艾伯特和奧爾巴。

「真是的！」

雖然奧爾巴也不是真的在生氣，但仍像是想起什麼般摸了一下光溜溜的頭頂。

「我出去冷靜一下！」

然後走了出去。

「……他是在配合我裝傻？還是認真的？」

「這很難判斷呢～～」

「艾伯，晚點要記得跟人家道歉喔。」

獨自走在夜間城邑的奧爾巴，前往街上的大法神教會。

哈倫諸王國對其他國家的宗教非常寬容，即便規模不大，國內的每個城鎮還是都能看見大法神教會的教堂。

奧爾巴每到一座城鎮，都一定會去當地的教會露臉，但今天因為艾伯特的玩笑，害他對夜市的遮陽頭巾產生興趣，逛著逛著就比預定的時間還要稍微遲到了一點。

「奧爾巴大人。」

「嗯。」

和別國的祭司見面並傾聽他們的煩惱，是奧爾巴重要的工作之一。

不過除此之外，奧爾巴每次到教會，都會和特定的某些人保持聯絡。

「狀況如何？」

「……多虧艾米莉亞大人一行人連戰皆捷，哈倫宗家和分家的復興活動都進行得非常快速。也因為這股風潮，其他國家的商館、大使或教會的信徒，都沒有遭到迫害或忽視的氣息。」

「嗯，這樣啊。」

遠方傳來夜市的喧囂，在從大馬路轉進來的教會設施內，和奧爾巴交談的是一位影子般的男子。男子身穿容易隱沒在夜色中的深色長袍，底下隱約能看見證明他是大法神教會聖職者的法衣下襬。

「至少只要南大陸仍未脫離魔王軍的威脅，為了討伐北部的馬納果達軍，他們應該是不會掀起無用的紛爭。西大陸和北大陸的聯合騎士團也理解為了打倒北部的魔王軍，必須和艾米莉亞大人聯手。不過坦白講，沒有人知道在那之後會發生什麼事情。」

「戰爭要等恢復和平後才會開始嗎？真是諷刺。」

奧爾巴不屑地回應影子的話後，像是突然想到般的問道：

「對了。關於瓦修拉馬城塞，你有沒有什麼消息。」

「您是說……瓦修拉馬嗎？那個位於奧呂帝瑪大沙漠的戰士之國。」

「嗯。塔架王表示無法和那邊取得聯絡。看來下一個目的地應該會是那裡。」

「原來如此。我最近……似乎有聽過關於瓦修拉馬的消息。」

影子稍微思索了一下，然後馬上想起某件事。

「這麼說來……我好像有聽說『那個人』被派去瓦修拉馬。」

「被派去？你是說誰？」

「是的，其實，那個……」

影子般的男子突然變得吞吞吐吐。

「聽說那個人在處理完西大陸的海洋國家拉姆瓦瑟的事情之後非常疲累……然後，反正在哈倫宗家解放戰後也必須探查北邊的狀況，難得來到附近的那個人，就堅持要前往該處，那個……」

「怎麼了，說清楚一點。」

「是、是的……」

影子般的男子擦著兜帽底下的汗水，下定決心說道。

「克莉絲提亞執行官，現在應該正前往瓦修拉馬。」

「……你說什麼？」

奧爾巴驚訝地睜大眼睛。

※

「好像～～……都沒有什麼～～……奇怪的地方呢～～～～……」

因為炎熱與疲勞，導致語尾比平日延長三倍的艾美拉達，趴在駱駝的背上呻吟道。

「真是的～～……自從離開塔架～～……已經過了五天～～……不管是惡魔～～還是龍～～根

本都沒有出現嘛～～～～」

「艾美，別說話。會消耗體力喔。」

「每天～每天～都只能面對沙子和天空～～～～感覺都快要發瘋了～～～～」

「再忍耐一下。行程比預期的還要順利。」

騎在前面駱駝上的奧爾巴，指向前方的沙丘。

「到那個沙丘的陰影休息一下吧。艾米莉亞！聽得見嗎！」

「…………我沒事。」

騎在最後面駱駝上的艾米莉亞，似乎也被這股炎熱折騰得很慘。

雖然奧爾巴指定的沙丘相對比較陰涼，但在費了番工夫讓駱駝坐下後，他們還是變得滿身大汗。

「真不想在這種狀態下……遇到惡魔。」

進入陰影三十分鐘後，呼吸總算恢復平穩的艾米莉亞恨恨地仰望天空。

「要是在這種大熱天戰鬥，不曉得聖劍會不會熱到變形。」

「因為是進化天銀，所以我想應該不會發生那種事。」

奧爾巴笑道，不過天氣就是熱到這聽起來不像是玩笑話。

「喂……別死啊？」

「嗚啾～～…………………」

倒在沙地上的艾美拉達，從剛才開始就不斷發出呻吟。

「為什麼～～不能在涼爽的夜裡行動啊～～～～」

「在夜晚行動比白天行動更耗費體力，而且就算白天休息，體力恢復的效率也比不上晚上，這不是艾美自己說的嗎？」

「我討厭別人跟我講道理～～～～」

雖然講的話亂七八糟，但總之就是討厭天氣熱。橫跨沙漠和遠洋航海一樣，非常容易在孤立無援的狀況下發生意外，所以食物和飲水方面也必須有所節制，這對明明身材嬌小卻很會吃的艾美拉達而言，簡直就是通往地獄的路程。

「……喂，艾伯～～別發出奇怪的聲音啦～～～～」

此時，艾美拉達不悅地對用遮陽布替自己搧風的艾伯特如此說道。

「啊？我什麼都沒說喔？」

「咦～～？那難道是肚子的聲音～～？從剛才開始就一直～～吼～～的。」

「啊？」

「吼？」

艾伯特困惑地問道，奧爾巴露出狐疑的表情，艾米莉亞則是迅速起身。

「我去巡一下周圍。」

為了避免腳被沙子絆倒，艾米莉亞謹慎地爬上沙丘。一離開陰影就因為猛烈陽光皺起眉頭的艾米莉亞環視周圍，在發現遠方有個奇妙物體後瞇起眼睛。

「那、那是什麼……」

一個巨大的黑色物體，在沙漠表面爬行。雖然還有點距離，但掀起沙塵的黑色巨大物體，似乎正朝這裡靠近。

「奧爾巴！有東西過來了！」

艾米莉亞快步衝下沙丘，拉起艾美拉達並要所有人起身。

「有個很大的東西正朝這裡靠近！繼續待在這裡或許會有危險！」

「很大的東西？」

「看了就知道！總之先讓駱駝站起來，做好隨時逃跑的準備！」

「嗯、嗯，我知道了。」

被艾米莉亞充滿魄力的樣子嚇到的奧爾巴，趕緊爬上沙丘讓駱駝起身。

「那、那是什麼東西？」

等奧爾巴在沙丘上看見那東西時，神祕的黑色巨大物體已經非常接近。彷彿就只有那裡是由黑色液體組成般不斷蠢動，沙漠中有堆巨大、黑色、沒有固定形體的東西纏繞在一起，正逐

漸朝這裡靠近。

「……那是，某種生物嗎？」

奧爾巴比艾米莉亞更仔細地觀察那個沒有固定形體的東西。看來那似乎是某種生物的群體。某種在地上爬的黑色動物驚人地群聚在一起，一齊移動。

奧爾巴定睛一看，在發現那是什麼動物後大吃一驚。

「蜥、蜥蜴？」

擠在一起的那個，似乎是一群中型的蜥蜴。

尺寸比貓大，比狗小。那種尺寸的蜥蜴成千上萬地聚在一起後，看起來就像是一塊巨大的物體。

雖然不是有惡意的敵人，但若被捲入，駱駝的腳或許會受重傷。

奧爾巴轉身回到陰影處，讓大家一起幫忙，開始將駱駝帶離蜥蜴群前進的方向。

在那之後過了一小時。四人和駱駝幸運地都沒被捲入，在沙漠上和大群蜥蜴擦身而過。

「真誇張的數量。那到底是怎麼回事？」

飛上天空觀察了一下蜥蜴狀況的艾伯特，眼神因為對稀奇事物的好奇心變得閃閃發亮。

「蜥蜴這種東西隨便怎樣都好啦～我們再稍微休息一下啦～～～」

艾美拉達異常地缺乏幹勁。

艾米莉亞看著離開的蜥蜴群在遠方掀起的沙塵，然後發現一件事。

「該不會……所謂的龍就是……」

※

遠遠就發現瓦修拉馬城塞的城壁已經破爛不堪，看起來似乎隨時會坍塌，艾米莉亞一行人起初還擔心是遭到魔王軍的襲擊。

不過隨著愈來愈接近城塞，他們慢慢注意到，那其實是某方面來說比魔王軍還要詭異的東西搞的鬼。

「那、那該不會是蜥蜴吧？」

「欸？那些是什麼啊？」

艾米莉亞和艾伯特，在通往瓦修拉馬城塞的沙漠城鎮周圍發現無數黑影在蠢蠢欲動時，忍不住發出慘叫。

雖然數量不像之前看到的那麼多，但仍明顯脫離常軌的蜥蜴，正在周圍這些被瓦修拉馬人民踏實的沙漠大地上隨興徘徊。

光是城牆周圍恐怕就超過一萬隻了。這對討厭爬蟲類的人類來說，簡直就是地獄的景象。

實際上艾美拉達每次在自己的駱駝差點踩到蜥蜴時，也都會發出慘叫。

「討厭啦～～！這到底是怎麼回事～～！」

「艾美，妳會怕蜥蜴嗎？」

「倒也不是會害怕～～只是這數量實在多到很噁心～～～」

艾米莉亞一臉意外地看向反應過度的艾美拉達，然後發現在瓦修拉馬城門的不遠處，有兩名拿著長槍的瓦修拉馬戰士正騎著駱駝朝這裡靠近。

「停下來！請問幾位是什麼人？」

這些精悍的男子全身都披著符合沙漠之民風格的美麗防曬布料，在哈倫宗家解放戰時，艾米莉亞他們曾經與許多打扮成這樣的戰士並肩作戰。

艾米莉亞一面表示自己沒有惡意，一面為了避免踩到蜥蜴停下駱駝，將埃茲拉姆哈王的親筆信拿給兩名戰士看。

「我是這一行人的代表，艾米莉亞．尤斯提納。請問能讓我們和戰士長拉吉德見面嗎？」

「塔架的埃茲拉姆哈王的印記……原來如此。真是失禮了。」

在辨明身分後，即使仍騎在駱駝上，戰士們還是以洗練的動作，恭敬地對他們行了一禮。

「不過如各位所見，我們目前面臨了一些麻煩……雖然我們能為各位帶路，但可能要等上一段時間才能和戰士長見面，這樣可以嗎？」

「啊，好的，那個……」

艾米莉亞困惑地低頭看向那群蜥蜴。

那是全長大概五十公分，又圓又胖的黑蜥蜴。牠們的個性似乎很溫和，即使聚在腳邊，也不會咬駱駝或是人類的腳。

牠們的五官還算可愛，動作也遲緩到讓人不覺得是危險的動物，但這個數量還是讓人感覺到一股莫名的威脅。

「那麼，我們來為各位帶路。埃茲拉姆哈王最近還好嗎？」

戰士們走在前面，開始替艾米莉亞等人帶路。

沒想到戰士們拿在手上的不是長槍，而是長柄的掃帚。他們用這個來驅趕妨礙駱駝行動的蜥蜴。

被掃帚打臉的蜥蜴雖然露出嫌麻煩的表情，但還是乖乖地讓路。

艾米莉亞一行人因為不必擔心踩到蜥蜴而鬆了口氣，就算缺乏關於沙漠之國的知識，他們也很清楚這個狀況並非正常狀態。

「那個，請問這些蜥蜴……」

艾米莉亞代表所有同伴，向帶路的戰士問道，戰士從防曬布底下苦笑道：

「這是一種名叫多拉貢尼克斯的蜥蜴。是棲息在奧呂帝瑪大沙漠全境的南大陸特有物種。

雖然繁殖期會從沙漠的西邊海岸往東邊海岸群體大遷移，但因為外表看起來像古代的龍，所以瓦修拉馬從很久以前就稱牠們為『龍』。」

「喔，原來之前的『龍』是這個意思。」

「不過……今年蜥蜴聚集的數量多到異常。」

戰士邊說邊忙著用掃帚趕跑蜥蜴。

「似乎是因為住在沙漠北側的蜥蜴們，受到魔王軍的影響朝南側移動。因為幾乎全沙漠的蜥蜴都擠在同一條路線移動，所以牠們經過的地方就連沙丘都消失了。瓦修拉馬也屢屢遭到蜥蜴群襲擊，最近的一次終於變成這樣了。」

「真、真的假的？」

「居、居然如此誇張……」

看向戰士用掃帚指的方向後，艾伯特和奧爾巴都嚇了一跳。

居然連長寬十公尺，厚五十公分的巨大城門都被破壞了。就算說破壞這扇撐過撐過魔王軍和古代的戰爭，戰士之國瓦修拉馬正門的，是腳邊這些動作遲鈍又一臉蠢相的蜥蜴，恐怕也不會有人相信吧。

「好不容易成功解放了哈倫宗家，結果關鍵的瓦修拉馬卻變成這樣，為了避免被馬納果達軍發現破綻……我們也必須嚴密地警戒周邊的狀況。」

戰士的語氣蒙上一層陰影。

即使穿過城牆，街上仍到處都是蜥蜴。

雖說沒有攻擊性，但所有街道或地面，不管往哪裡看都充滿蜥蜴。

「因為不曉得蜥蜴群會移動到哪裡，所以我們也不能隨便離開沙漠。就算只有一、兩隻時行動非常遲緩，但群體移動時的多拉貢尼克斯，簡直就像古代的龍般強力。就連城門和城牆都會因為承受不了牠們的激烈衝擊而損壞。要是人被捲進去，就只有被遠遠撞飛或變成絞肉兩種選項。」

這下艾米莉亞他們總算知道為何這裡會和哈倫諸國失聯了。

「被、被這麼多蜥蜴闖進來，真虧城牆內的街道能平安無事呢。」

戰士以悲傷的聲音回答艾米莉亞的問題。

「這都多虧了數百年來，持續防禦外敵的那扇門最後的努力。」

說完後，戰士指向剛才那扇嚴重損壞的城門。

「撞破城門的衝擊讓牠們失去了統率，之後最後一次襲擊瓦修拉馬的蜥蜴群，就這樣滯留在這片土地上。」

「啊……」

從古老祖先那裡繼承這塊土地的瓦修拉馬人民，想必非常以這裡的生活為傲。

城塞和城門在漫長的歲月中經過一點一滴的補強，和人民一同刻劃屬於這裡的歷史。
一想到這段歷史可能會毀於蜥蜴的突擊，他們不可能不感到悲傷。
「我們之前也很危險呢～～～～」
艾美拉達似乎回想起前幾天遭遇多拉貢尼克斯群的事情。當時的蜥蜴群隨便數都超過一萬隻。
「如各位所見，如果再來一次那種規模的蜥蜴群，瓦修拉馬的城牆應該會徹底崩壞吧。我們今年也是第一次看見這麼龐大的蜥蜴群，但從這裡已經被襲擊好幾次來看，蜥蜴們恐怕已經將瓦修拉馬城這一帶視為移動路線了。」
「「「「咦？」」」」
四人齊聲驚呼。
「此外在東海完成繁殖行為的蜥蜴，之後又會為了返回原本的土地循原路回來。更進一步而言，在東海出生的蜥蜴們，也會為了返回父母的土地而再次進行大遷移。」
「「「「啊。」」」」
所有人都驚訝得目瞪口呆。
「那、那麼，要是破壞那面牆和門的蜥蜴群，回來時又經過這裡……」
「沒錯。這次或許會換對面的門被突破，城內也會遭到龍的肆虐。我們不曉得城牆能撐到什麼程度，若龍的威勢到進入城內後仍未減弱，這個國家和國民都將受到嚴重的損害。現在能行動的人都去修繕門和城牆，或是為了掌握蜥蜴群的動向外出，大家都很拚命。」

「……感覺我們好像在你們正忙的時候跑來打擾……」

「不，我們也在想差不多該跟哈倫諸王家取得聯絡了……」

艾米莉亞和領路戰士的對話，開始變得有點尷尬。

「雖然現在才確認有點失禮，但艾米莉亞．尤斯提納這個名字，該不會是指在宗家解放戰中，率領突擊隊進攻的勇者艾米莉亞……吧？」

「……啊，是的。」

艾米莉亞有股不好的預感。像是在印證這個預感般，兩位帶路的戰士開始低聲商量什麼事情，然後苦澀地說道：

「雖然知道像我們這種小民，在各位趕路的途中說這種話非常失禮……」

「……我、我們也有做得到和做不到的事情……」

「『不過能不能請各位拯救我們脫離這個危機呢！』」

「…………也是有……做不到的事情…………」

艾米莉亞板著臉，接受了沙漠最強的戰士們含淚的請求。

像是在嘲笑那樣的艾米莉亞般，她腳邊的一隻蜥蜴吐了吐舌頭。

※

從蜥蜴手中守護這座城。

說起來簡單，但這畢竟是自然現象，身為其他大陸居民的艾米莉亞等人，甚至不曉得這個規模有多大。

即使看過龐大的蜥蜴群，還是很難想像在腳邊動的那些蜥蜴能靠突擊破壞城門。

直到夜晚都未能見到戰士長拉吉德的艾米莉亞等人，在那裡也感覺到一股希望他們幫忙的氣氛。

不過連長年在這裡經營城塞國家的瓦修拉馬民眾絞盡腦汁都想不出辦法的事情，初來乍到的艾米莉亞等人實在不覺得自己能夠怎麼樣。

然而，狀況還是不允許他們這麼說。

從這裡前往北方。換句話說就是若想橫跨大沙漠前往北方，無論如何都需要瓦修拉馬人民的協助。

大沙漠北邊有段被稱為「火炎道」，即使在大沙漠中也特別炎熱，整年都維持異常氣候的地區，如果沒有瓦修拉馬的人民，或是北方諸國家的人們幫助，想穿越那裡會非常困難。

即使是曾在世界各地傳教的奧爾巴，也不曉得該如何通過火炎道，因此他們無論如何都必須找人協助。

不過現在完全不是放著瓦修拉馬存亡的危機不管，請人協助旅行的狀況，更進一步來說，若身為大沙漠要衝的瓦修拉馬崩壞，馬納果達軍可能會再朝南方的哈倫進軍。

萬一瓦修拉馬真的遭遇崩壞的危機，可想而知，那些明明對周邊地區有極大影響力，彼此之間卻又感情不好的哈倫諸王國之間的關係會變得怎樣。

如果哈倫不團結一致，南大陸的南北地區就無法攜手合作。

這場騷動並非只是邊境小國的問題，而是左右南大陸全境未來的重大危機。

總而言之，現在艾米莉亞等人無論如何都不能對瓦修拉馬的困境置之不理，朝北方趕路。

「話雖如此……到底該怎麼做……難道要幫忙搬蜥蜴？」

「搬蜥蜴……嗎～」

進入瓦修拉馬當天的晚上。差不多已經習慣的艾米莉亞和艾美拉達，看著城塞內大街邊的蜥蜴，同時嘆了口氣。

「不過～那應該會是很需要勞力的工作吧～牠們看起來很重～」

「這麼說也對……」

多拉貢尼克斯的成體平均體長約五十公分，大一點的甚至能長到七十公分，而且牠們體型

矮胖，所以搬起來應該比外表看起來還要重。

這段期間，她們看見強悍的瓦修拉馬戰士們一臉空虛、疲憊地用類似貨車的工具，將滿車的蜥蜴載到城外。

面對這種數量，即使再加上艾米莉亞他們四個人，也只是杯水車薪，更何況這麼做也無法解除從繁殖地回來這裡的蜥蜴群將帶來的威脅。

沙漠的夜空明明有著美麗無比的銀河，地面卻徹底被蜥蜴所淹沒。

雖然不是完全沒辦法，但她們實在沒什麼餘裕沉浸在沙漠城鎮的異國魅力中。

「話說回來，明明集結成群後那麼恐怖，為什麼這裡的蜥蜴看起來都這麼遲鈍啊。」

「聽說是因為～只要一失去統率就會迷失方向～～」

「有這種事嗎？」

「不曉得～～不過瓦修拉馬的人都是這麼說的～～」

雖然艾米莉亞等人沒理由知道，但集結成群的多拉貢尼克斯擁有透過體內器官讓群體和大地的磁場連結，正確掌握方位的身體機能。

不過牠們同時也擁有只要群體解散過一次就會迷失方向，在重新聚集到數量足夠確認方向的夥伴前，滯留在原地的習性。

「不過，到哪裡找能夠養活這些蜥蜴的食物和水啊。」

「真的是愈想愈神祕的生物……唉，真令人困擾～～」

「只能祈禱艾伯和奧爾巴能在城裡找到什麼線索了。」

艾伯特和奧爾巴，在確定無法和拉吉德戰士長見面後，便先一步去鎮上收集情報。

艾伯特是補給穿越沙漠時消耗的物資順便收集情報。

而按照奧爾巴的說法，即使是這種邊境，似乎也有大法神教會的教堂，因此他打算去找當地的祭司打探消息。

「希望找到的對策～～是我們辦得到的事情～～」

到最後，或許還是只剩下靠人海戰術將蜥蜴運出城外這個方法。這樣的預感，沉重地壓在兩人身上。

「我也非常清楚你們的職務有多繁重。」

「……是。」

城內某個角落。位於城牆邊的某座小教堂背後，奧爾巴正表情嚴肅地說教。

「尤其妳的工作表現又特別傑出，所以我也非常倚靠妳。」

「……是。」

陰沉地蹲在奧爾巴旁邊的，是一位打扮得和在塔架國跟奧爾巴密談的男子一樣，穿著顏色低調長袍的嬌小女子。

「不過沒想到這樣的妳，居然會因為那種理由來到這種邊境……如果連身為首席執行官的妳都這樣，要如何為人表率？」

「……我實在無話可說。」

女子雖然低聲謝罪，但語氣還是給人一種似乎沒在反省的感覺。

「可是，奧爾巴大人。請您務必嚐一次看看。這樣您一定就能理解！」

「要是理解還得了！我現在一點都不想聽關於蜥蜴的事情！」

奧爾巴也和女子一樣，抱著頭蹲了下來。

「妳到底在搞什麼鬼！居然說什麼無法忘懷在傳教的旅途中吃過的蜥蜴料理的味道？明明世界正面臨危機，妳到底在想什麼啊！妳究竟從幾天前就待在瓦修拉馬了！」

「十……十天前。」

出乎預料的漫長期間，讓奧爾巴頓時說不出話來。

「……實在太可嘆了。駐留塔架的人也很驚訝喔。還問我克莉絲提亞主教究竟在這種地方做什麼。」

「唉……」

穿著長袍的女子垂下頭，脫下兜帽。

以麻繩綁住豔麗的頭髮，脖子上戴著大法神教會的十字架項鍊的女子，克莉絲提亞．貝爾死心似的開始娓娓道來：

「我第一次吃這個並不是在瓦修拉馬，而是在我十六歲時以傳教團成員的身分，前往哈倫．塔架赴任的時候。雖然幾乎所有的人都說蜥蜴是邪惡的食物而不敢碰，但我和審問會的成員，在立場上必須進行隱密調查……」

大法神教會並未特別禁止吃肉，但姑且不論多拉貢尼克斯，西大陸原本就不存在會主動去吃爬蟲類的飲食文化，因此許多西大陸的大法神教會信徒，應該只認為多拉貢尼克斯料理是惡魔的食物吧。

「……妳本來是吃得很不情願，沒想到意外美味到足以成為一輩子的回憶嗎？」

「根據我在哈倫打探到的消息，那種蜥蜴的原產地就在瓦修拉馬這裡。那個……因為我手邊沒有緊急的聖務，所以我才決定往北邊走順便……」

看來女子只憑一股衝勁，就早奧爾巴好幾天越過大沙漠，來到瓦修拉馬這裡。

克莉絲提亞．貝爾主教，是奧爾巴在大法神教會管轄的傳教外交部的人，此外她在異端審問會的表現也受到肯定，最近才剛升上首席執行官。

不限於異端審問會，許多外交部的成員都透過奧爾巴，在背後支持艾米莉亞一行人的旅

行，不過因為瓦修拉馬以北無法期待獲得這方面的援助，因此克莉絲提亞停留在瓦修拉馬，對奧爾巴而言也不全是壞事。

只不過就算先把艾米莉亞的旅行放在一邊，教會的重要幹部居然只因為想吃蜥蜴料理這種觀光心態就跑來這裡，果然還是一件不能視若無睹的事情。

儘管哈倫的傳教活動起了一定程度的作用，他們還是無法建立起像西大陸那樣龐大的勢力，光是城鎮外能有一座小教堂，就已經算是狀況比較好的了。

沒想到部下的紀律居然從這裡開始鬆懈，讓奧爾巴大為悲嘆，明明現在根本就不是處理這種問題的時候。

「……唉，總之現在蜥蜴料理的事不重要。克莉絲提亞，妳從十天前就停留在這裡吧？」

「怎麼會不重要！」

「我說不重要就是不重要！」

克莉絲提亞一臉嚴肅地反駁，但奧爾巴乾脆地駁回她的意見，繼續說道：

「克莉絲提亞·貝爾，所以妳有目擊多拉貢尼克斯群突擊瓦修拉馬城的狀況嗎？」

「……您說得沒錯。」

克莉絲提亞細細說明。

那是克莉絲提亞抵達瓦修拉馬當天發生的事情。當時城牆內響起誇張的鐘聲。

等察覺那是通知城牆內發生緊急狀況的警報時，越過城牆的多拉貢尼克斯的群體已經掀起滾滾沙塵，讓人能輕易想像那規模有多恐怖。

在那之後短短幾分鐘，就傳出落雷般的聲響，城門也遭到破壞。等克莉絲提亞回過神時，城內已經充滿蜥蜴。

「為了修繕已經承受好幾次突擊的城牆，當時有許多戰士正待在城牆上。所以也有人因為突擊的衝擊從城牆上掉下來受重傷。以彷彿要破門而入的氣勢衝進城內的蜥蜴撞傷許多人，這間教會當時也收容了不少傷者。」

「雖然怎麼聽都像在開玩笑，但那場景在各方面都像是地獄吧。」

奧爾巴再次體會到現在緩緩經過兩人面前的蜥蜴有多恐怖，這讓他又是害怕，又是覺得可笑。

「克莉絲提亞，這些傢伙引發了這麼恐怖的事件，這樣妳還想要吃牠們嗎？」

「不，那個，被您這麼一說，我也感到非常痛心……」

儘管聽不懂兩人的對話，蜥蜴還是短暫地停下動作，以圓溜溜的眼睛凝視兩人。

奧爾巴和克莉絲提亞各自以不同的表情回望蜥蜴後，後者便若無其事地緩步離開。

就在這個時候，奧爾巴發現一件事情。

「對了。既然能吃，為什麼大家不抓這個蜥蜴來吃呢？」

「難道不是因為數量太多嗎？」

克莉絲提亞說道：

「瓦修拉馬的人口數絕對稱不上多。若按照傳統的調理法處理多拉貢尼克斯的肉，那一頭成獸平均就夠兩家人吃。如果要將光城塞附近就有上萬隻的多拉貢尼克斯當成食物，那這存糧也未免太多了。」

「這麼說也有道理。就算用煙燻或醃製的方式加工成能長期保存的糧食也不行嗎？」

「那這樣如何？」

克莉絲提亞將手抵在下巴，表情嚴肅地嘟囔：

「在大沙漠裡，煙燻的燃料非常貴重。瓦修拉馬的人民在食用時，通常是利用路邊被陽光曬得滾燙的岩石直接燒烤……至於傳統料理方面，則是拿來當作湯的配料，或是在燉過湯後油脂減少的肉上面灑鹽巴，配煮過的芋頭一起食用。雖然頭部被視為營養豐富的珍饈，但據說也不是所有當地人都能接受。基本上岩鹽原本就是貴重品，要調理的話果然還是該一次就處理夠多的量……對了，有些地方會直接將整隻多拉貢尼克斯泡在酒精裡，作成名叫龍酒的泡酒……啊，不過製作方法是只透過瓦修拉馬戰士長代代口傳的祕方，而且是只在特定季節製作的吉祥物，就算有大量蜥蜴也無法量產。其他還有將鱗片煎過後，和哈倫全境都有生長的莉迪卡花的花瓣發酵物混在一起，作成有調整腸胃功能的茶，再來就是和中央大陸有貿易往來的北方諸國，因為這裡的文化也有流傳過去，所以那裡除了有以和牛豬雞相同的市場規模在販賣多拉貢尼克斯的料理以外，出口的狀況也一直都不錯，但就我們所知，在馬納果達軍的壓制下，實在無法期待商品有辦法流通……」

「……到底是這個蜥蜴的什麼讓妳變成這個樣子。」

這位異端審問會首席審問官平常無論處理何種聖務都是面不改色，這還是奧爾巴第一次看見她如此熱情地在講述什麼。

要是放著不管，感覺似乎就會一直講解蜥蜴在食材方面的泛用性、有用性與市場價值等各項議題的克莉絲提亞，讓奧爾巴頓時失去幹勁。

「唉，算了，總而言之，既然在這裡見面，我們就等於是上了同一艘船。如果我還想知道關於蜥蜴的事情，會再過來問妳。在我們離開這裡之前，記得保持聯絡。」

「我也能替艾米莉亞小姐和各位，介紹瓦修拉馬最美味的餐廳。」

雖然奧爾巴根本沒在問這個，但已經不想理會克莉絲提亞的他，決定回去和在城內的宿舍等待的艾米莉亞一行人會合。

就在奧爾巴留意著腳邊，經過因為受到蜥蜴的影響而不怎麼熱鬧的夜市時，突然有人從背後拍了一下他的肩膀。

「嗨，你那邊有什麼收穫嗎？」

奧爾巴回頭一看，便發現手上正拿著某種烤肉串的艾伯特。

「……那該不會是多拉貢尼克斯的烤肉串吧？」

「喔！你真清楚。到處都有在賣喔。哎呀，我本來以為這東西吃起來會很怪，沒想到味道意外地不錯。唉，不過在到處都是牠們活生生同伴的地方吃這個，感覺是有點奇怪啦。」

「我在吃之前，就已經聽蜥蜴料理的話題聽飽了。」

聳肩回答後，準備和艾伯特走在一起的奧爾巴，突然發現有點不對勁。

「嗯？怎麼了嗎？」

「沒事……」

奧爾巴納悶地環視自己的腳邊。總覺得走起來很輕鬆。

原本大搖大擺走在夜市裡的多拉貢尼克斯，不知為何從兩人的周圍消失。當然遠遠還是能看見幾隻，不過牠們完全不肯靠近奧爾巴和艾伯特。

「艾伯特！那個烤肉串借我！」

「嗯？怎麼了，你果然還是想吃嗎？」

發現某件事的奧爾巴，沒等艾伯特回答就搶過烤肉串，將烤肉串移到低一點的位置後，他開始快步走了起來。

「喂、喂，奧爾巴？怎麼了？你在幹什麼？」

剃過髮的嚴肅聖職者，將烤肉串擺在腰間作出怪異舉止的樣子，看起來比蜥蜴還要奇特。

「該不會，這個……」

然而奧爾巴毫不理會艾伯特，繼續將烤肉串往前伸，在夜市裡走來走去。

艾伯特買的烤肉串，被用加了香草和香料的醬汁烤得恰到好處，散發出刺激食慾的香味。

在聞得到那個味道的範圍內，每隻多拉貢尼克斯都以敏捷的動作躲避奧爾巴。

「喂、喂，奧爾巴，這是……」

似乎也發現這件事的艾伯特，表情嚴肅地看向奧爾巴。

奧爾巴將烤肉串還給艾伯特後，也以同樣嚴肅的表情點頭說道：

「看來我們好像找到方法了。」

※

「「你要我們吃蜥蜴嗎啊啊啊啊啊啊啊啊～～？」」

從位於瓦修拉馬市中心的貴賓用宿舍內發出的慘叫聲，充滿了讓人擔心會不會就這樣弄壞脆弱城牆的厭惡感。

在聽說奧爾巴和艾伯特找到能保護瓦修拉馬免遭蜥蜴侵害的方法時，兩位女性原本還有所

期待，沒想到居然是要她們吃蜥蜴。

在看見艾伯特手上那個用植物的皮包住的烤肉串後，艾米莉亞和艾美拉達立刻板起臉。

「那、那、那是，蜥蜴的肉嗎～～？」

「為、為什麼會想吃那種東西啊！要吃之前，不是還得先殺掉那個蜥蜴將牠支解嗎？」

「艾米莉亞，妳好歹也是農家的女兒，難道妳從來沒自己殺過雞嗎？」

奧爾巴緩緩逼近顯露出軟弱反應的勇者和宮廷法術士，但艾米莉亞吊起眼睛拚命搖頭。

「別把雞和那種大蜥蜴混為一談啦！雞只要扭斷脖子砍掉頭拔羽毛放血再剖開肚子取出內臟就行了，但我從來沒支解過蜥蜴，也沒想過要吃牠們啦！」

「妳還真是微妙地堅強呢。」

艾米莉亞難以理解的抗拒反應，讓艾伯特露出苦笑，至於艾美拉達——

「嗚～～你們可以把我當成是不曉得自己吃的肉～～活著時長什麼樣子的傲慢貴族沒關係～～但我既不想看人殺雞～～也不想知道詳細的手續啦～～！」

艾米莉亞血腥的話題，讓她再度臉色蒼白地摀住耳朵。

「你們兩個聽我說。不只瓦修拉馬是這樣，在南大陸，蜥蜴料理是和牛、豬、雞一樣普遍的蛋白質來源。沒必要表現得這麼抗拒。」

奧爾巴簡略地向兩人說明剛剛才獲得，但一出瓦修拉馬恐怕一輩子都用不到的知識。

「當然沒有人說要把附近所有的蜥蜴都吃光。因為還有保存的問題，所以計算捕獲量和解體的工作會請瓦修拉馬的專家處理。我們希望艾米莉亞和艾美拉達幫忙的是之後的事情。」

「之、之後的事情？」

奧爾巴表情嚴肅地點頭。

「嗯，就是等去過鱗、解完體，摘除內臟後，要請你們兩位用火炎法術燒烤剩下的肉。」

「我不要！」

「不要啦！」

艾美拉達甚至沒拉長語尾，明確地表示拒絕。

「不管你們願不願意，我們都已經和拉吉德戰士長講好了。」

「你騙人？」

「騙人的吧？」

兩名壯年男子慢慢逼近兩名在床上互相抱著發抖的少女，在這非常不適當的構圖下，話題仍持續進展下去。

「蜥蜴們會為了繁殖移動。不過沙漠北側的蜥蜴之所以會來到南側，可以認為是魔王軍的影響。換句話說，蜥蜴們擁有透過某種方法察覺危險，並採取迴避行動的智慧。」

「這、這我可以理解～」

艾美拉達臉色蒼白地對奧爾巴的解說點頭，但看起來還是無法接受。

「所以說，我們要一次捕捉大量的蜥蜴舉辦烤肉派對。盡量用大火烤，讓煙和味道擴散到周圍。這麼一來，或許蜥蜴們就會將瓦修拉馬這一帶視為對自己有危險的場所，然後避開這裡也不一定。」

艾伯特接替奧爾巴說明，但即使如此，艾米莉亞還是無法接受。

「你、你確定會有效嗎？總而言之，就是必須在城內對大量蜥蜴作出血腥的事情吧？要是都做到這種程度還沒效，我們可是會非常良心不安喔？而且還會在世界蜥蜴史裡被當成歷史知名的虐殺者，被人永遠記住喔？」

「妳到底在說什麼鬼話。放心吧，艾米莉亞。我們已經在路上做過很多次實驗了。那些傢伙對同族的危機非常敏感。」

雖然不曉得奧爾巴他們做過哪些實驗，但就算兩人拿蜥蜴烤肉串給艾米莉亞看，她也完全無法感到安心，甚至差點就要直接貧血昏倒。

「總而言之，瓦修拉馬會以國家的名義，對靠狩獵或料理多拉貢尼克斯維生的業者提供補償。想烤什麼蜥蜴都可以自由挑選。不過，現在的瓦修拉馬並沒有足夠的燃料能夠一口氣烤這麼大量的肉。為了讓味道和煙擴散到需要的程度，必須一次烤非常多肉才行。」

「所、所以才找上我們嗎～～？」

艾美拉達說這些話時，已經快要哭出來了。

「可、可是烤這麼多肉要怎麼處理。這種天氣，烤過的肉沒幾天就會壞掉。明明是為了吃掉才殺害牠們，要是讓牠們就這樣腐爛，我可是會沒臉見已經去世的爸爸！」

身為珍惜食物的農家出身的女孩，艾米莉亞試圖進行最後的反抗，然而艾伯特一句話就殘忍地推翻這個論點。

「放心吧。」

艾伯特露出野性的笑容，咬了口烤肉串給艾米莉亞看。

「瓦修拉馬的所有國民，會一起努力吃的。」

「「不要啊啊啊啊啊啊啊啊啊啊啊啊啊啊啊啊！」」

世界最強的勇者和法術士悲痛的吶喊，響徹夜晚的瓦修拉馬，或許是對這道聲音產生不好的預感，城牆外的幾隻蜥蜴，就這樣緩緩消失在沙漠的盡頭。

※

「天光炎斬天光炎斬天光炎斬天光炎斬天光炎斬天光炎斬天光炎斬天光炎斬天光炎斬！」

艾米莉亞兩眼無神地不斷揮舞反射太陽光芒的聖劍。

「對不起對不起對不起對不起對不起對不起對不起對不起對不起對不起味道有點香。」

艾美拉達則是在用火炎法術加熱烤肉用的石板時，稍微輸給自己的食慾。

當然不會只讓兩名女性負責血腥作業的奧爾巴和艾伯特，也在不同的地方使用火炎法術，進行生產大量多拉貢尼克斯烤肉的作業。

城內目前大約有六千隻多拉貢尼克斯，而在第一天因為奧爾巴和艾伯特的策略壯烈犧牲的，是當中的兩千隻。

根據克莉絲提亞的計算，這樣便能產生三萬六千人分的蜥蜴肉，這幾乎等於是瓦修拉馬的總人口數。

這場傾全國之力舉辦的大規模烤肉大會，不只瓦修拉馬國內，就連接在艾米莉亞他們後面來打探瓦修拉馬情況的塔架分家國使節團也一起被捲入，徹底陷入祭典狀態。

負責調理、配膳的強壯戰士團們，不斷將勇者一行人量產的烤肉發給國民享用、在資源允許的情況下進行醃製、或是盡可能進行煙燻，努力不浪費任何一片肉。

「喔喔！好厲害！不愧是勇者一行人的力量！」

在監督城牆修補作業的同時，似乎也非常在意烤肉大會狀況的拉吉德戰士長，在確認城牆外的多拉貢尼克斯爭先恐後地離開瓦修拉馬城後，滿意地點頭。

由於一開始就決定好如果這招有效，就要把剩下的四千隻蜥蜴也適當地作成烤肉，在得知至少必須等這一切結束後才能離開瓦修拉馬城時，艾米莉亞和艾美拉達又再度一齊發出慘叫。

「請排隊！肉還有很多！如果今天就會料理完，也可以拿生肉回去！請大家不要推擠！」

大法神教會的教堂，也被當成其中一個多拉貢尼克斯肉的配給站，以一介聖職者的身分露出滿面微笑的克莉絲提亞．貝爾，將烤肉分配給前來領取的瓦修拉馬國民。

當然她自己也因為在協助教會時，三餐都能分到一點多拉貢尼克斯料理的餘惠，而非常認真地在工作。

「帶生肉回去的各位，請盡量用火爐製作會產生煙的料理！是，也有小孩子的分，請直接帶回去。」

想要帶對南大陸人而言，和牛、豬、雞一樣流行又有需求的多拉貢尼克斯肉回家的國民數量，似乎還不會那麼快減少。

※

「我再也不想來這個國家了！」

艾米莉亞騎著駱駝走出瓦修拉馬已經修復完畢的城門時，幾乎是半哭著喊道。

雖然在負責帶領他們穿越火炎道的戰士面前講這種話，或許有失禮節，但就連那位戰士也不得不露出苦笑。

尾巴、頭和四肢被切掉，鱗片被拔掉的多拉貢尼克斯生肉和烤肉的模樣，已經如同字面般，在被迫滯留瓦修拉馬十天以上的艾米莉亞腦中留下不可抹滅的烤痕。

雖說是小國，但傾全國之力花費整整三天對六千隻蜥蜴進行食品加工和舉辦烤肉大會的效果，在烤肉大會結束後的一個星期獲得了確認。

結束繁殖，再度橫跨大沙漠的大群多拉貢尼克斯，被發現經過距離瓦修拉馬遙遠的南方，奧爾巴和艾伯特的策略除了對艾米莉亞和艾美拉達的心靈造成深刻的創傷外，就結果而言是大獲成功。

站在奧爾巴的立場，雖然在騷動結束後與他見面的克莉絲提亞·貝爾莫名露出一臉得意的表情，讓他感到難以釋懷，但就結果而言，奧爾巴也是透過她對蜥蜴料理異常的熱情才找到解決問題的提示，因此也沒辦法抱怨。

受到這場烤肉大會的影響，別說是幫忙帶路的戰士，就連艾米莉亞等人也全身上下都染上了烤肉的味道，而且偶爾在沙漠中遇見走散的多拉貢尼克斯時，對方馬上就會如同脫兔般的逃跑。

「因為整座城市都染上了味道～～蜥蜴已經再也不會靠近那裡～～希望未來瓦修拉馬的大家～～別因為找不到肉而困擾就好了～～」

艾美拉達看著那樣的蜥蜴苦笑。

「就算是這樣，也比國家滅亡要好多了。所有國民，真的都非常感謝各位。」

雖然帶路的戰士所說的這句話，就某方面來說也算是一種救贖，但艾米莉亞仍然在心裡強烈發誓，以後要盡可能避免踏入瓦修拉馬這個地方。

就在一行人離開瓦修拉馬，往北走了一天後的夜晚。

「……！各位，請在這裡稍等一下！」

帶路的戰士在即將抵達火炎道的地方停下駱駝，獨自壓低身子在沙漠上前進，並在過了幾分鐘後慌張地跑回來。

「請、請各位過來一下！」

「怎麼了，發生什麼事了？」

「他在慌什麼啊？」

艾伯特和奧爾巴跳下駱駝，跟著帶路的戰士走向前方的一座沙丘。

「「什麼！」」

然後在看見眼前的光景後變得目瞪口呆。

「「咦？」」

從後面跟上來的艾米莉亞和艾美拉達，也在看見相同的東西後大受衝擊。

眼前是無數已經被曬乾、看似惡魔的屍體。

之所以說「看似」，是因為那些屍體幾乎都沒有保留完整原形，所以無法判別其生前的正確外形。

裡面還能發現幾隻像是馬納果達軍主力的馬勒布朗契族的爪子，或是看起來相當大型的惡魔手臂，即使對象是惡魔，仍令人不忍目睹。

「這、這到底是……」

「是馬納果達軍的……惡魔吧？是誰做出這種事……」

就在艾米莉亞倒抽一口氣時。

在場的五人都清楚看見沙丘對面，有一隻眾人在這一星期內已經看到膩的生物，正以圓溜溜的眼睛看向這裡。

「是那些傢伙幹的嗎……？」

「怎麼可能……不過……」

「不，可是，也沒有其他可能……」

這就是大自然的威猛。

五人腦內同時閃過這句話。

馬納果達軍那些曾蹂躪南大陸人類世界的強悍惡魔，被在安特·伊蘇拉大沙漠棲息的大自然威猛輕易擊潰。

這項嚴肅的事實，讓現在甚至被稱為世界最強的勇者艾米莉亞一行人感到戰慄。

「這些蜥蜴～～真的好恐怖喔～～」

「雖然我不打算同情惡魔……但這些傢伙應該也沒想過自己會被蜥蜴踩死吧……」

「……還是稍微提高克莉絲提亞·貝爾的聖務評價好了……」

即使在大熱天，艾美拉達、艾伯特和奧爾巴仍臉色蒼白地喃喃自語，至於艾米莉亞——

「……我絕對不要來這裡第二次。」

則是重新念出自己內心的誓言。

沙丘對面的多拉貢尼克斯或許是注意到這邊的味道，只見牠迅速轉身消失，之後現場只剩下沙子、天空與炎熱。

惡魔與勇者與高中女生
-A happy new year-

「唔……好冷！」

東京的冬天傍晚，從天空往下吹的寒風毫不留情地襲擊街道，一名在戶外遭到直擊的青年縮緊脖子，直打哆嗦。

「魔王大人，請您加油，再一個小時就能下班了。」

同樣站在旁邊的頎長青年，吐著白色氣息鼓勵青年。

被稱為魔王的黑髮青年，看向戴在凍僵左手上的便宜手錶點頭回答：

「還有一小時啊……早知道就多穿一點。」

看來一小時這個情報，並未讓他感到欣慰。

像是為了安撫那樣的他般，頎長青年開口：

「等今天的工作結束後，看是要買外套還是毛衣都不成問題。」

「這件衣服和外表看起來不一樣，穿起來一點都不暖。哪有這種聖誕老人服啊。」

兩位青年身穿紅白雙色的上衣搭配長褲，頭上戴著前端有個圓形裝飾的紅色三角帽。

也就是所謂的「聖誕老人裝」。

來自北極圈的老人服裝，雖然有著看似保暖的白色毛絨，但實際上布料非常單薄，是由伸縮性極差的聚酯纖維製成。

「畢竟是季節性打工的制服。所以是由聚酯纖維製成，只有外觀好看的次等貨。魔王大人還算好了，至少衣服穿起來合身。」

「誰叫蘆屋你長這麼高。就算穿那套衣服，看起來也不像聖誕老人。」

稱頎長青年為「蘆屋」的黑髮青年胸口，別了一個用手寫上「真奧」的簡陋名牌。

「真要說起來，聖誕老人是這個世界的聖人吧。跟身為高等惡魔的我們，終究是無法相容的存在。」

「要這麼說也對啦。」

「比起這個，我們應該來思考要把今天的打工費用在什麼地方。是要添購衣物，還是狠下心購買暖爐呢。」

「這實在不是高等惡魔該聊的話題。就算想買暖爐，也要考慮煤油等維護成本……啊。」

分別叫真奧與蘆屋的聖誕老人二人組，將視線停在從前方經過的人影上，他們用凍僵的臉擠出笑容，大聲喊道：

「歡迎光臨！請問需要聖誕蛋糕嗎？」

「有水果蛋糕和巧克力蛋糕兩種口味喔！」

「要不要參考一下！」

穿西裝大衣的男子無視兩人的呼喊，看也不看他們一眼。

男子就這樣在兩人的目送下，穿過旁邊的自動門走進便利商店。

自動門開啟的短暫期間，從店裡傳出慶祝平安夜的商業背景音樂，不過馬上就聽不見了。

兩人掛著僵硬的笑容，深深地嘆了口氣。

「賣不出去呢。」

「是啊。」

兩人面前擺了一張鋪著白色桌巾的會議用長桌，在這個勉強經過裝飾的即席賣場上，疊了幾個慶祝平安夜用的盒裝蛋糕。

兩人在隆冬的戶外，從事販賣便利商店的季節商品——聖誕蛋糕的工作。

這是發生在聖誕節當天十二月二十五日的傍晚，東京某個角落的故事。

※

「現在幾點了？」

「呃，快晚上六點了。」

再度確認才剛確認過的時間後，真奧皺起眉頭。

「……已經賣不掉了吧？會買蛋糕的家庭應該早就買好了。」

「您說得沒錯。」

蘆屋也一臉嚴肅地回答。

「風這麼大，而且我來這裡時有經過兩、三間蛋糕店……」

雖然不是說便利商店的蛋糕不好，但和專門的蛋糕店相比，無論如何還是有種大量生產的感覺。

「離特價時間還有一個小時……的確，或許再也賣不出去了。」

隔著玻璃看向店內時鐘的蘆屋也跟著附和。

不可思議的是，即使應該慶祝的神聖之日——聖誕節是十二月二十五日，這個國家最熱鬧的時間卻是前一天二十四日的晚上。

商業的世界也不例外，這個蛋糕似乎從聖誕節當天，也就是今天傍晚六點開始特價。

「而且我覺得我們已經夠努力了。光今天就賣了三十個大蛋糕。」

真奧看向臨時賣場剩下的蛋糕盒。

「就算這樣，還是剩下七個……真不甘心。」

「真想把這些賣完。不如我們買一個回去如何？」

「可是店長說不必做到那樣沒關係……」

蘆屋不安地隔著窗戶偷看便利商店內的狀況。

此時幫忙介紹這次工作的中年男店主兼店長，正在櫃檯的收銀機旁邊數錢。

雖然身材中等的他是穿普通制服，但頭上戴著和兩人相同聖誕帽的他，感覺正散發出難以言喻的哀愁。

根據店鋪的規定，好像無論如何都必須戴那頂帽子。

真奧也望向跟蘆屋一樣的方向，表情複雜地重新戴好頭上的帽子。

「不過連臨時參加的我都有打工費可以領，要是還賣剩就太對不起店長了。」

每間分店針對季節商品都有各自的基本業績，如果無法達成，員工就必須自掏腰包，這是件廣為人知的事情。

雖然兩人也無可奈何，但據說除了蛋糕以外，炸雞、關東煮和肉包也都有各自的基本業績，所以就算只有單價較高的蛋糕也好，兩人希望能減少提供他們這份臨時打工的店長負擔。

「話說回來，你怎麼會認識這間便利商店的店長？」

「以前在打工仲介公司登記時，我曾經被分派到這裡。所以我之前就請他在要賣聖誕蛋糕時通知我。」

「喔。這就是所謂的人脈呢。」

「魔王大人才是，為什麼在聖誕節這種生意正好的時候沒有排班呢？」

被蘆屋稱做魔王的真奧，有另一份主要的打工。

地點就在自家公寓附近的大規模速食店，麥丹勞。

「單純只是配合班表的安排。特別是寒假期間打工的學生很多，所以今天只是剛好沒有排班而已。」

「原來如此。不好意思，難得的休假，還勞駕您出門。」

「沒關係啦。拜此之賜，我們才能賺到兩人份的打工費。而且以我們的立場，也沒辦法因為聖誕節就興沖沖地出來逛街吧？」

真奧輕輕揮手回應低頭的蘆屋。

「您說得沒錯。在愚蠢的人類們沉迷享樂的期間，我等魔王軍仍在逐步為征服世界進行準備，像這種平日的累積才是……！」

「唉，不過我們的打工費，也是來自那些愚蠢人類沉迷享樂的錢。」

真奧像是覺得厭煩般，以合理的言論打斷開始盛大演說的蘆屋。

蘆屋掃興地閉上嘴，然後悲傷地抗議：

「……請您別說這種話。」

「必須正確認識事實才行啊。」

「偶爾也會有想要逃避現實的夜晚。」

「因為是聖誕節嗎？」

「就是因為是聖誕節！」

「聖誕節也是現實的一部分喔。」

真奧和蘆屋重複空虛的問答。

「現在的我們既沒有戰鬥，也沒有返回原本世界的力量。不管是目標征服世界的魔王撒旦，還是惡魔大元帥艾謝爾，現在都只是一介賣蛋糕的真奧貞夫和蘆屋四郎。」

真奧發自內心深處的嘆息，帶著難以想像是出自惡魔內心的白色，升向傍晚看不見任何星星的天空。

自從征服地球以外的另一個人類世界——安特·伊蘇拉的計畫失敗，輾轉流落到異世界日本後，已經過了半年。

淪落為名喚真奧貞夫的日本青年的魔王，從來沒說過喪氣話。

然而蘆屋卻做出這種近似埋怨的行為，這讓他羞愧低下頭。

「唉，不過啊！」

突然被真奧拍背的蘆屋嚇了一跳。

「賣蛋糕的魔王，應該比賣火柴的少女強吧？」

真奧露出清爽的笑容抬頭往上看。

大概是在叫蘆屋別為無聊的事情感到沮喪吧。

蘆屋苦笑地看向待賣的蛋糕。

「只要吃了這些蛋糕，就能看見自己希望的夢境嗎？」

「雖然不會吃完就死掉，但應該會被店長罵吧。」

「這真的不是高等惡魔該聊的話題呢。」

兩人的對話到此結束。

魔王撒旦和惡魔大元帥艾謝爾，瞬間恢復成真奧貞夫和蘆屋四郎，並發現有位看似上班族的長髮女子，正從車站的方向朝這裡走過來。

似乎是要去便利商店的女子，踩著強而有力的腳步筆直走向這裡。

「「請問需要聖誕蛋糕……」」

表現得比剛才的西裝男還要漠不關心的女子，消失在便利商店內。

「歡迎光臨！」

配合自動門關閉前，從裡面傳出來的店長想睡覺的聲音。

「…………歡迎光臨。」

「歡迎光臨……」

真奧和蘆屋發出沒傳進任何人耳裡的招呼聲。

「話說回來，魔王大人。」

「嗯？」

「我們要買麻糬嗎？」

「麻糬？」

蘆屋再次冷不防地拋出話題。

「是的，新年就快到了。」

「是無所謂啦……不過你新年有打算做什麼嗎？」

真奧無論在金錢的意義上還是打工排班的意義上，對新年都沒什麼概念。

「日本似乎認為一年之計就在於元旦。雖然漂流到日本後的這幾個月，我們一直過著貧困的生活，但為了讓明年能過個好年，我想趁機提振一下精神。」

不過是買個麻糬，蘆屋就提出相當誇張的理由。真奧也雙手抱胸點頭說道：

「呃……說得也是。畢竟我們也沒錢買年菜。」

「啊，店長說年菜的預約期限已經過了。」

「所以就說不會買了。」

「另外二月似乎預定要賣惠方卷（註：一種粗卷壽司，據說在立春前一天吃能帶來好運），不介意的話，魔王大人要不要一起來賣？」

「你難道都不覺得邀魔王來賣惠方卷的自己很奇怪嗎？而且年都還沒過就在講明年的事情，可是會被鬼笑的（註：日本俗語，意指未來的事情無法預測，多說無益）。」

「如果有哪個無禮的鬼敢笑魔王大人，就讓我來解決他。」

「你還是去扔福豆（註：指炒過的豆子，日本通常會在立春前一天舉辦灑福豆驅鬼的儀式）吧。」

就在真奧搪塞著不斷邀自己去賣季節商品的部下時——

「喔，謝謝光臨。」

「謝謝光臨。」

剛才進去的女子從便利商店走了出來。

兩人停止閒聊，開始對女子展開最後的掙扎。

「請參考一下我們的聖誕蛋糕，有巧克力和草莓……」

然後——

「蛋糕……」

原本打算離開的女性，突然停下腳步。

用眼角餘光看見從女子手中的塑膠袋露出來的即食咖哩包裝後，真奧逮住機會開始推銷。

「請參考一下，這是我們聖誕節限定的蛋糕。」

雖然很多客人一被接著推銷就會離開，但幸好這位女子看起來對產品有興趣。

「這跟店裡的有什麼不同？」

「基本上一樣，尺寸有大、中、小三種可以選擇。」

蘆屋也跟著上前助陣。

「喔……」

女子先將三種尺寸大致掃過一遍。

接著她撩起長髮，仔細端詳。

真奧和蘆屋此時停止追擊。

要是過度推銷，可能會害對方打消念頭。

在一段令人窒息的緊張之後——

「……偶爾買一個也好。」

女子形狀姣好的嘴唇吐出令人高興的結論，真奧和蘆屋自然地露出笑臉。

「請給我一個小的巧克力蛋糕。」

女子邊說邊拿出錢包。

「「謝謝惠顧！總共是一千兩百圓！」」

真奧和蘆屋齊聲說道，他們小心地將蛋糕盒裝進袋子裡交給對方，收下剛好一千兩百圓。

女客人吐著白色氣息，微笑地點頭。

然後講了句出乎預料的話。

「謝謝。聖誕快樂。」

兩人瞬間呆住。

女子似乎並未期待回應，沒等兩人反應就轉過身快速離開。

「……謝謝……」

「聖、聖誕快樂……」

即使已經追不上逐漸遠去的腳步聲，真奧和蘆屋還是忍不住低聲喊道。

「……賣出去了。」

「果然掙扎一下是對的。」

「……該不會就算超過六點，也是有機會賣出去吧？」

「這就難說了。」

蘆屋無法立刻贊同。

首先，兩人只上班到六點。

「不，今天也有人像剛才的上班族女性那樣正常上班，應該還有人接下來才會回家！再稍微努力一下吧！離這裡最近的車站是哪站？」

不過剛才的客人似乎燃起了真奧的幹勁。

蘆屋試著回想——

「是永福町站。」

然後講出離兩人的公寓搭電車要三站，某個京王井之頭線的急行停車站名稱。

「好，那我們就努力到今天最後一班車的時間為止吧！」

「魔王大人，這不是我們能擅自決定的事情。必須仰賴店長的判斷。而且如果撐到末班車的時間，我們就無法回去了。」

「這麼說也對！好，那麼為了把蛋糕賣完，我去問問看能不能讓我們試到勉強來得及回家的時間。店長！」

真奧氣勢十足地衝進店裡。

雖然有幹勁是好事，但要在不曉得何時能下班的情況下，繼續待在這片寒冷的天空底下可是件苦差事。

真奧等人住在距離京王線笹塚站徒步只要五分鐘的木造公寓Villa・Rosa笹塚，蘆屋思索著回家的路途，再度吐出白色的嘆息。

※

「啊～好冷。希望明天不要下雪就好。」

發出疲憊聲音的女子，鎖上自己公寓房間的門。

她將買來打算當晚餐的即食咖哩，和一時興起買的蛋糕連同盒子放到客廳桌上後，脫下了外套。

「放在家裡時，就算是最小的尺寸，看起來也滿大的……唉，反正也沒必要今天吃完。」

雖然覺得應該養成自己煮飯的習慣，但還是難以做到，畢竟就算是即食食品，也比自己以前吃過的東西要美味許多，所以女子每次下班後，都會不自覺地跑去便利商店買。

她自己也覺得自己缺乏危機意識。

快速解決晚餐，用茶包泡了紅茶後，女子從盒子裡拿出蛋糕，也不切片就直接用叉子挖來吃。

「嗯，好吃。」

雖然不是很習慣吃蛋糕，但在她過去的人生中，從未有過能自己自由購買甜點的環境。

換句話說，不管吃什麼，對她來說都很美味。

「一千兩百圓啊……不曉得在那裡是賣多少錢。」

她心不在焉地看著吃到剩一半左右的蛋糕，將思緒飄向自己遙遠的故鄉。

在賭上性命不斷持劍與大批惡魔作戰時，她從來沒想過自己會變成這樣。

「梨香說得對。因為周圍每個人都很興奮，所以自己一個人真的會感到心寒。」

聖十字大陸安特・伊蘇拉的救世勇者艾米莉亞・尤斯提納，以日本人遊佐惠美的話嘟囔完後，將剩下的蛋糕用保鮮膜包好收進冰箱。

※

「到處都已經充滿新年的氣氛了。」

「是啊。雖然我每年都會這麼想，但大家心情切換得太快，反而感受不到風情呢。」

聖誕節的隔天，就是十二月二十六日。

昨晚的聖誕節氣氛就像假的一樣，聖誕老人、麋鹿和聖誕樹消失，取而代之的是門松（註：日本新年時都會在門口擺設松樹迎神）、鶴龜飾品和新年促銷的海報充斥街頭。

現在是傍晚的下班時間。

遊佐惠美和同事兼友人的鈴木梨香，在下班後一起喝茶。

惠美從咖啡廳的窗戶眺望正被捲入年底商戰的新宿街頭，露出苦笑。

「明明我家冰箱裡還有吃剩的聖誕蛋糕。」

「我家也是……完整的蛋糕就算是最小尺寸也滿大的。應該不會這麼容易就壞掉吧。」

惠美昨晚吃到一半才發現，要一個人在賞味期限前吃完那個從便利商店買回來的蛋糕，實在是有點勉強。

「以現在這個季節來說，只要放冰箱就沒問題了吧……啊～不過還是得在今天內吃完。」

「咦？為什麼？」

「呃，畢竟是年底啊？如果不回老家會很糟糕吧。」

惠美在腦中回想職場的排班表。

「啊，所以妳的班表才只排到今天啊。」

「嗯……是啊。惠美呢？」

梨香有點曖昧地點頭後問道。

「我的班一直排到三十一號。過年後則是從三號開始。」

惠美若無其事地回答。

「唔哇，工作得這麼努力。惠美不回老家嗎？」

「嗯……是啊。」

雖然就算想回去也沒辦法，但說出來也沒什麼幫助。

梨香看起來也不打算提起老家的事情，兩人之間暫時陷入一陣奇妙的沉默。

此時，咖啡廳的電話響起，兩人看著店員跑向櫃檯。

由於是在和手機廠商docodemo有關的公司從事手機方面的電話客服工作，惠美和梨香不禁對電話產生反應，視線也不自覺地跟著店員的背影移動。

發現是附近公司打來叫外送的梨香，像是想起什麼似的抬起頭說道：

「不過，妳不覺得今天的諮詢電話變少了嗎？我本來以為電話客服人員的工作，在過年前後是最忙的。」

「果然主要還是因為公司行號都放假吧。而且我好像聽人說過，過年前三天特別多抱怨電話。」

梨香的表情突然蒙上一層陰霾。

「啊～對了。就是那個啦，通訊障礙。」

「是因為大家會一起傳那個叫『賀年簡訊』的東西吧？不過不是有個叫新年卡的東西，能讓人在年初時打招呼嗎？為什麼還要特地傳簡訊呢？」

「咦？妳說新年什麼？」

被梨香反問的惠美瞬間慌了起來。

「啊，呃……那個，賀年卡？」

梨香並未特別對惠美修正後的說詞起疑，聳肩回答：

「現在很少人會寄賀年卡吧。畢竟傳簡訊要輕鬆多了，我今年也一封都沒寄。」

「咦？」

「咦？」

「照妳這麼說，要寄的人都早就寄好了嗎？」

惠美大受打擊。

儘管朋友不多，她還是想寄賀年卡給照顧過自己的人。

這個國家的通訊系統遠比故鄉來得完備，只要不是離島，無論信件還是行李都能在兩天內寄到日本國內的任何地方。

所以本來打算在三十號左右挑戰寄賀年卡的惠美，一聽見梨香的話就愣住了。

「郵局廣告不是一直都有說嗎？如果想在一號準時寄達，就得在二十五號前寄出去呀！」

「這、這樣啊……」

「咦？妳是那種以前都不在意這種事的類型嗎？」

「……不如說，我根本不知道。現在寄已經來不及了吧。我本來也想寄給梨香呢。」

「就算妳當面跟我這麼說也沒用啊。如果無論如何都要寄，就等過年後直接給我吧。」

兩人走出咖啡廳後，便因為夜晚的寒冷縮起身體。

「雖然我很想說要不要直接一起去吃飯……不過對不起，我家還有聖誕蛋糕在等著我。」

梨香遺憾地說道，惠美也點頭回應。

「我也一樣。真是一點情調也沒有。」

「哎呀，妳也太小看人了，居然認為只有蛋糕在等我！」

梨香得意地笑道。

「我家可是還有個吃到一半的烤雞呢！」

早就預測到會是這種回答的惠美，並沒有什麼特別的反應。

「妳來得及在回老家前吃完嗎？」

「放心啦！除了這些東西以外，我家就只剩醬油露和管裝芥末，這些就算放到過年也不會壞！」

兩人聊著徹底缺乏情調的話題，過不久就抵達新宿站。

之後惠美將搭京王線。梨香將搭山手線回家。

「那麼，明年見囉！新年快樂！」

十二月即將進入尾聲，人潮匆匆流動。

被捲入這陣年尾波濤的梨香快速說道，惠美慢了一拍才回答：

「啊，嗯，明年也請多多指教！回去時小心點喔！」

「收到！」

雖然惠美的聲音勉強傳達，但梨香的身影馬上就被人群淹沒。

惠美放下輕輕舉起的手，一面小心不被人潮推擠，一面低聲嘟囔道：

「新年快樂啊……和隨時可能有生命危險的那段日子比起來，簡直就像在開玩笑似的。」

和魔王撒旦率領的惡魔大軍戰鬥的時期，的確隨時都有可能喪命。

實際上，她也曾經受過瀕死的重傷。

由於難以想像度過那段日子的自己和現在的自己是同一個人，惠美偶爾會感到不安。

自己現在這樣真的好嗎？

惠美，不對，聖十字大陸的勇者艾米莉亞．尤斯提納在魔王城的最終決戰，為了追討逃亡的魔王而漂流到這個國家。

她每天的生活目標，都是為了討伐漂流到這個沒有夥伴也沒有同鄉，名為日本的異世界的魔王。

魔王和自己幾乎是同一時間透過「門」轉移。

雖然那扇「門」並非透過惠美的力量在控制，但她覺得自己有順利追蹤到魔王的足跡，既然自己漂流到東京，那魔王應該也在這附近才對。

即使萬一不在東京，只要魔王採取什麼行動，無論地點是在北海道還是沖繩，惠美都有足夠的儲蓄和餘力自行前往該處。

總而言之，現在是必須忍耐的時候。

惠美搭上停在新宿站京王線二號月臺的快速列車。

雖然她平常都是在三號月臺搭特急或準特急的車回家，但現在這個時間，搭這班車會稍微快一點。

現在已經是回家的尖峰時段，因此車內非常擁擠。

惠美原本就不打算找座位。

勉強找到一個空吊環的她，承受著後面乘客的推擠等待發車，電車沒多久就開始啟動。

京王線新宿站的月臺是在地下，於地下行駛約兩分鐘後，便會在快抵達下一站的笹塚站時行駛到地面。

惠美心不在焉地看著窗外，隧道內的照明燈以規律的速度通過她的眼前。

『現在將緊急停車！請站立的乘客……』

車內突然響起廣播，在廣播結束前，電車便突然緊急剎車。

出乎意料的緊急剎車，將車內的人們一齊拉向車子的前進方向，惠美也差點失去平衡。

電車就這樣停在隧道內，從尚未關閉的車內廣播，能聽見駕駛座傳來各種儀器的聲音。

『……呃，在此通知各位乘客。就在剛才……』

推測是列車長的聲音，在講到「剛才」時停頓了一下。

列車長的背後傳來類似對講機的聲音，大概是正在確認緊急停車的原因。

『呃～就在剛才，我們收到緊急停止的訊號。由於在前面的明大前站行駛的電車，停了下來，所以這輛電車緊急停下來，呃……』

列車長似乎又繼續聽對講機。

在惠美周圍，有摘下耳機的年輕人、突然拿出手機的人，以及毫不動搖地繼續看手上報紙的人，各種反應都有。

不過每個做出反應的人臉上，都看得出同一種感情。

偏偏是這種時間，真麻煩。

若新宿附近的特急停車站在回家的尖峰時段發生事故，那之後的電車無論行駛方向，全都會受到影響。

這麼一來，急行列車可能會改成各站停車，或在抵達目的地前讓乘客下車，最壞的狀況，就是乘客必須暫時停留在擁擠的電車內。

惠美搭的電車還停在隧道內，手機收不到訊號。

雖然這個國家的人們，不會因為僅僅是電車停駛就陷入恐慌或抱怨，但在手機無法發揮消磨時間的功用時，產生不滿的速度就會變快。

車內不但擁擠還開了強烈的暖氣，發車後沒過幾分鐘就變得十分悶熱。

停車後過了五分，列車長反復透過車內廣播致歉和說明電車不動的原因。

就在這時候。

「那個……」

發現旁邊傳來聲音的惠美，不自覺地看向那裡。

她原本以為是有人在呼喚自己，但看來並非如此。

惠美前面坐了兩位穿制服的高中女生，而開口說話的正是其中一人。

兩個高中女生一個留著妹妹頭，一個用緞帶綁了兩個小馬尾，看似朋友的兩人，正望向站在惠美旁邊的某人。

綁緞帶的高中女生在擁擠的車內稍微起身。

「請坐這裡吧。」

是發生什麼事了嗎？

惠美看向旁邊，那裡站了一位比惠美略矮、低頭抓著吊環的老婦人。

老婦人因為綁緞帶的高中女生的聲音抬起頭。惠美這才發現，即使不考慮電車內的照明，老婦人的臉色仍是異常蒼白。

大概是車內擁擠悶熱的環境，讓老婦人感到不舒服吧。

「啊，可是……」

然而老婦人似乎打算婉拒高中女生的提議。

惠美自己也有過幾次相同的經驗，在讓座給老年人時，通常有一半的機率會被拒絕。
可能是因為目的地很近，也可能是原本就想用站的，雖然被讓座的一方通常有其複雜的矜持或各種原因，但說真的，想讓座的人在被拒絕之後，就算坐回位子也會感到尷尬。
「請放心，我在下一站的笹塚站就要下車了。」
似乎是發現老婦人的顧慮，綁緞帶的高中女生補充道，但即使如此，老婦人仍猶豫不決。
「我也沒要搭那麼久……」
老婦人嘟囔著一些婉拒用的理由，打算拒絕高中女生的好意。
高中女生困擾地和旁邊的朋友互望了一眼。
就在這時候——
「老太太，既然年輕人都這麼說了，妳就坐下來吧。妳看起來真的很不舒服。」
一名隔著老婦人與惠美相對的中年男子，出言催促老婦人。
察覺老婦人仍在猶豫的惠美，也不自覺地開口：
「電車看起來還不會那麼快開，即使搭幾站就要下車，還是坐一下會比較好。」
「……」
老婦人看了左右的惠美與中年上班族一眼。
「……不好意思。」

說完這句話後，就緩緩坐到綁緞帶的高中女生讓出來的位子上。

「老婆婆，妳還好吧？」

妹妹頭的高中女生，牽著老婦人的手協助她坐下。

「謝謝妳。」

老婦人以所有人都聽得見的聲音說道，她從自己的包包裡拿出手帕遮住嘴巴，將身體稍微向前傾。

看來她是真的很不舒服。

「不好意思，謝謝你們。」

綁緞帶的高中女生向惠美與上班族輕聲道謝後，便站在老婦人原本的位子。

「老婆婆，妳沒事吧？妳要搭到哪一站？」

座位上的另一位女孩搓著老婦人的背問道。

「……永福町……」

惠美睜大眼睛，兩位高中女生再次困擾地面面相覷。

綁緞帶的少女似乎要在下一站的笹塚下車，另一位少女應該也沒辦法陪老婦人去轉車。

要去永福町，就必須在明大前站轉搭其他條線。

「我會搭到永福町。」

既然都已經牽扯進來了，事到如今也無法就此撒手不管。

惠美未做多想，就對綁緞帶的少女如此說道。

「……可以麻煩您嗎？」

「嗯，只要是我能力所及。」

對方畢竟不是重病患者，所以也不能太多管閒事。

惠美有所保留地說完後——

「小佳，這位姊姊說……」

「這樣啊，那太好了。」

為了不讓老婦人掛心，兩人低聲討論完後，一起以眼神向惠美致意。

惠美輕輕搖頭，這段對話也就此結束。

『抱歉讓各位久等了，電車即將發車，請站立的乘客小心。』

宛如看準這個瞬間般，電車開始緩緩動了起來。

總算駛出地面時，列車長開始說明起轉車方式、車班調整，以及——

『是因為有乘客在電車內起了糾紛。』

這個誰都會覺得「真是給人添麻煩！」的緊急停車原因。

「佐佐，妳的包包。」

在靠近笹塚站時，兩位高中女生準備下車。

綁緞帶的少女在讓位時，似乎請妹妹頭的少女幫忙保管包包。

妹妹頭的少女在將東西物歸原主後，和惠美交換了一個視線。

惠美點頭後，和她交換位置坐到座位上。

兩人再次對惠美輕輕行了一禮後，便立刻消失在於笹塚站下車的眾多乘客中。

惠美轉頭從座位後面的窗戶看向外面，發現妹妹頭的少女正在對向月臺準備轉搭各站停車的電車，綁緞帶的少女則是一面在意這裡，一面走向樓梯。

在電車花了比平常多兩倍的時間抵達明大前後，惠美陪老婦人一起下車。

惠美回頭往車內一看，看見那位上班族正大大方方地坐到惠美等人剛才坐的位子上。

雖然講完最後那句話後，他看起來就沒在注意這裡，但惠美總覺得在車門關閉的瞬間，有和他對上視線。

老婦人在呼吸到新鮮空氣後似乎也恢復了精神，她頻頻向惠美道謝，之後兩人於永福町的車站道別。

「看來至少……」

與老婦人道別後，走在返家路上的惠美，開始回想前幾十分鐘發生的事情。

兩名高中女生和上班族，都在為陌生的老婦人擔心，是段能為內心帶來些許溫暖的時間。

「魔王的影響……還沒波及到東京。」

因為在年末發生的小騷動中體驗到人類的溫柔，惠美帶著有些興奮的心情，走在冬天的返家路上。

※

走出笹塚站的剪票口，經過高架橋底下的大馬路時，少女的手機收到一封簡訊。

『我一直看到發車前，那位姊姊似乎真的要送老婆婆去轉車。』

看見友人東海林佳織傳來的簡訊，綁緞帶的高中女生，佐佐木千穗開心地露出笑容。

一開始還擔心自己是在多管閒事，但多虧那位上班族的男子和粉領族的姊姊，總算順利將座位讓給老婆婆了。

即使可能只是自我滿足，但千穗仍認為這是個正確的判斷。

『這樣啊，太好了。』

千穗停下腳步靠到牆邊，回了一封簡短的簡訊。

接著佳織立刻回信。

『謝謝妳今天陪我買東西。對了，佐佐，妳過年後有空嗎？要不要一起去新年參拜？』

「……新年參拜啊。」

雖然聖誕節才剛結束就想這個有點早，但話又說回來，新年馬上就要到了。

進入笹幡北高中就讀，也已經快要一年了。

明明剛考上高中時，才在想可以暫時不去思考未來的事情，但看來再過不久就要開始過著煩惱大學考試的日子了。

『我還沒有計畫。一起去哪兒逛逛吧。』

千穗以熟練的動作操作手機回信，同時為了處理母親託她回家時順便買的東西，走向車站前的超市。

※

「小佳！小佳，妳在哪裡？」

千穗試著大喊，但還是找不到跟自己走散的朋友。

畢竟這裡的人潮多到連站在原地都很困難。

就在千穗宛如掉進河裡的樹葉，不斷旋轉著尋找佳織的身影時——

「佐佐！前面！前面！」

她總算聽見有人回答。

也不曉得是怎麼在這種狀況下跑到那麼前面的，佳織一面倒著往後走，一面朝千穗揮手。

「找到了！我現在過去！」

「好～唔哇！」

倒著走的佳織似乎是跌倒了，只見少女失去平衡，發出反常的聲音。

在千穗心想「危險」之前──

『請注意危險，配合隊伍慢慢前進！』

人潮外傳來透過擴音器發出的指示。

千穗看向擴音器的方向，然後發現一名站在略高處的男性警衛，正仔細觀察周圍洶湧的人潮。

明明是新年，還真是辛苦。

千穗發自內心想著，結果她一時疏忽，差點被後面的遊客給推倒。

千穗謹慎地前進，在三分鐘後和被推到前面的佳織會合。

「佐佐，總算見到妳了，這人數真的有夠誇張。」

千穗點頭回應沙織興奮的評論。

「不過我們也是其中之一。」

「唉～這樣究竟要等到什麼時候才能參拜啊，完全看不見前面呢？」

新年，一月一日。

在適合做為一年開幕的大晴天下，東京都杉並區的大宮八幡宮正面的參拜道路上，擠滿了來參拜的人潮。

在年前和佳織約好要一起去新年參拜後，覺得機會難得的千穗，打算去大一點的神社，她一開始的目標是明治神宮。

然而在她將這件事告訴父母後。

「那裡可是擠得要死喔。」

當警官的父親千一皺著臉說道。

「我最不想在新年時負責神社附近的警備。」

「如果妳想去，我也不會阻止妳，不過混在這麼大群人裡，妳覺得神明會聽見妳的願望嗎？」

母親里穗也如此說道，讓千穗的參拜之路蒙上複雜的陰影。

千穗以前只去過自家附近的神社，或是離父母老家很近的神社。

於是她再度打電話和佳織商量後——

『那就去大宮八幡怎麼樣？』

便得到了這個不太熟悉的神社名字。

「要到埼玉那裡嗎？」

『不是那個大宮啦！我說的杉並大宮八幡宮，是位於永福町的大神社。他們新年時好像還會舉辦奉納弓道射會喔。』

「喔。」

千穗和佳織在學校是參加弓道社。

因此她對被當成祭神儀式舉行的弓道活動產生了興趣。

「那就約那裡吧。」

『好啊。那我們就約在明大前站的轉車處見面吧。唉，雖說是大神社，但又不到全國知名的程度，應該不會太擠吧。』

千穗和佳織回想起自己在年前時優閒說的那些話。

結果根本不是擠不擠的問題。從永福町站前面就開始站了指示參拜道路的警衛人員，而且愈往前進，人潮就愈多。

再加上連接參拜道路的參道商店街不僅十分狹窄，還因為新年首賣變得熱鬧非凡，讓她們花了不少時間才抵達神社。

不只如此。

「……是明天啊！」

「唔哇……」

兩人好不容易才穿過參拜道路，進入神社境內，但等待著她們的，卻是殘酷的現實。

兩人主要目的之一的奉納射會「小笠原流蟇目之儀・大的式（註：蟇目是指響箭，大的是指大靶）」，是在一月二日舉行。

「佐佐，對不起！要是我有好好調查就好了！」

佳織合掌不斷道歉。

「這也沒辦法，而且我自己也沒確認，既然如此，不如我們明天再來……啊，妳看，那裡也有天滿宮呢，難得來到這裡，我們接下來去那裡怎麼樣？」

「嗯、嗯……唉……新年一開始就出這種糗……」

雖然千穗是真的不放在心上，但身為邀約者的佳織似乎仍無法釋懷。

明明是天氣晴朗的新年參拜，佳織卻垂頭喪氣地跟著人潮緩緩走向正殿。

千穗像是為了替佳織打氣般，拍拍她的肩膀說道：

「小佳，晚點要不要一起去買東西？或許新年首賣會很有趣喔？」

「嗯，是可以啦，不過……」

佳織突然轉頭看向剛才費了一番工夫才走完的道路。

「不管去哪裡應該都是人擠人。就算去原宿或新宿，那些地方也有一堆我們原本說要去的神社。」

「原、原來如此。的確有這個可能。」

早上MHK的新聞有轉播都內主要神社的畫面。

一回想起那些人潮，千穗才發現自己的提議有多麼欠缺考慮。

不過，佳織當然不可能沒發現千穗是在鼓勵自己。

要是反而害千穗也跟著沮喪，那才真的是白費工夫，於是佳織用力點頭切換心情。

「嗯，不過對不起喔。與其苦著一張臉，不如衝去購物發洩一下。總而言之，我們先把這裡的行程結束，再找個地方喝茶吧。」

「嗯，就這麼辦。」

互相苦笑後，在人潮的推擠下，兩人不知不覺已經抵達正殿前方。

「如果不快點解決，感覺會被後面的人壓扁呢。」

佳織說的話也不完全是誇大。

兩人掏出皮夾，摸索零錢包取出硬幣。

「小佳是丟五圓嗎？」

「咦？對啊，佐佐呢？」

「嗯～四十圓吧。」

「那是什麼不上不下的數字。」

「嗯～這是我在爸爸的老家聽來的……」

常聽說五圓代表「緣分」，但換成十圓就變成「十分有緣」。

二十圓則是因為有兩個「十」，所以是「極度有緣」。

接下來不知為何就跳到四十圓，這個好像是「始終有緣（註：在日文中，五圓與緣分同音，四十的其中一種發音也與始終相同）」的意思。

「雖然不是很懂，但到頭來都只是心情問題，所以沒什麼差別吧？」

「是嗎？那麼……啊！」

接受佳織說法的千穗拿出剛好四枚十圓。

然而，就在這個時候，剛好從後面往前擠的男性，碰到千穗的手臂，等她注意到時已經太遲，千穗的四枚硬幣就這樣掉到腳下。

「啊，對、對不起。」

那位男性似乎也發現自己害千穗弄掉硬幣，慌張地追著千穗的零錢。

臨時遇上在隊伍前面拖延時間，這種日本人絕對會想避免的麻煩，不用說千穗，男子看起來也非常焦急。

看起來比千穗略為年長的黑髮男性開口：

「真的很抱歉。」

「不會……謝謝。」

然而他交給千穗的硬幣——

「咦、咦？」

居然有五枚。

千穗掉的十圓是四枚，不過手上卻多了一枚五圓硬幣。

「增加了……那、那個……咦？」

究竟是別人掉的，還是那位男子自己的錢呢？就在千穗暫時煩惱要如何處置這個不屬於自己的五圓時，黑髮男子的身影已經消失在人群當中。

「佐佐，怎麼了嗎？」

「啊，嗯，那個……」

千穗猶豫了一下。

區區五圓，雖然只是五圓。不過那並非千穗該拿的錢。

而且這裡又是神社境內。

千穗認真地煩惱要如何處理這個不屬於自己的五圓。

煩惱到最後——

「……嘿！」

千穗決定將那五圓，連同自己的四十圓一起丟進香油錢箱。

既然是在香油錢箱前多出來的，就表示很有可能是剛才那位男性打算丟進去的香油錢。

已經拖了好一段時間的千穗，急忙雙手合掌。

她在心裡祈禱「希望那個五圓的主人也能得到保佑」。

佳織向儘管碰上一點麻煩、但還是順利完成參拜脫離人潮的千穗，詢問拖延的原因。

就在千穗回答是因為撞到後面的人弄掉零錢，結果拿回來的零錢變多後——

「零錢莫名地比別人多，會被神明認為妳很貪心吧？」

「我才沒有貪心。」

雖然神明應該不會因為金額多寡對人有所歧視，但還是不禁覺得這樣聽起來很不吉利的千穗，瞬間皺起眉頭。

「不過，就結果來說應該是好事吧？」

「咦？」

「因為佐佐有老實地在神明面前將那五圓當成香油錢，而且若按照剛才的說法，這金額一樣是『始終有緣（註：日文發音同「四十五圓」）』吧。」

這麼說也有道理。

雖然覺得有點牽強，但感覺這也是最能讓人接受的答案，於是千穗再次朝正殿輕輕合掌。

「那麼，佐佐許了什麼願？」

千穗放下手，聳肩回答佳織的問題。

「我姑且……」

經歷了一場事後讓人覺得不是滋味的參拜的千穗，轉頭望向遠方的正殿說道：

「也有幫掉了五圓的那個人祈禱，再來就是希望今年也能過得平安快樂。」

結果就被佳織取笑很像老人家。

※

「佐佐，我們去抽籤吧！」

一離開排隊的隊伍就充滿精神的佳織，這次換衝向籤筒周圍的人群。

等千穗跟上後，佳織馬上就投了一百圓抽了一支籤。

「……」

然而，她的表情看起來似乎不太高興。

「怎麼樣？」

「是最無聊的籤。」

佳織遞給千穗的紙條，上面寫著令人無話可說的「吉」。

雖然說籤的結果無聊感覺會有報應，但比起「吉」，還是抽到「凶」較能炒熱氣氛。

「去綁起來再重抽一次好了（註：日本有將抽完的籤綁在神社境內樹枝上的習慣）。」

因為覺得就算吐槽「可以這樣重來嗎」也太不知趣，因此千穗也拿出一百圓抽自己的籤。

「魔王大人，雖然叫神籤，但也不過是印表機大量印刷出來的紙條，根本就得不到什麼保佑……」

「這你就不懂了！這種事只是感覺問題！如果真要說沒有意義，那也可以說神社的神明一件一件地聽這麼多人的願望會過勞死，或是若大家都心想事成，世界就會陷入大混亂吧！這跟實際上如何一點關係也沒有！」

「我告訴你……」

真奧和蘆屋在籤筒前面進行無聊的爭論。

「抽到『吉』就會因為覺得幸運而心情好，抽到『凶』就會有所警惕好好努力，抽籤就是這種東西。只抽一次有什麼關係！而且是你自己先說要用新年參拜，來做為一年的開始吧！」

被真奧這麼一說，蘆屋便無法反駁。

因為年底在永福町接到薪水不錯的打工，所以他們才想來這個在結良緣方面頗受好評的神社，祈禱新年能夠過得吉利。

而且在蘆屋心裡，也不認為身為惡魔的自己是真心在對神明祈禱。

然而他的主人魔王，卻對寫了神明啟示的神籤充滿興趣，堅持要花費貴重的一百圓去抽一次。

「我新年一開始就突然弄掉別人的錢，還丟了自己的五圓。這樣的開頭也太糟糕了！為了改變這不好的趨勢，抽個籤替自己振作一下也無所謂吧！」

所謂的丟了五圓，只不過是真奧不小心撞到前面的客人弄掉對方的零錢，在幫忙撿的時候一併將自己手上的五圓也交給對方，這點程度的事情罷了。

不過像孩子般吵鬧的真奧，應該聽不進去這種冷靜的分析。

「……只能抽一次喔。」

蘆屋無奈地以宛如母親般寬容的心情，答應真奧抽籤。

「好耶！看好了！我一定會抽到大吉！」

雖然蘆屋希望主人能將這種運氣用在商店街的抽獎上，但就算對得意地走向籤筒的真奧說

這種話也沒用。

現在的蘆屋，只能祈禱真奧別因為抽到「大凶」而感到沮喪。

「什麼能量景點啊……反而是我這邊的能量被吸走了，真是的……」

惠美邊抱怨邊結束了參拜，離開排隊的人潮後，她在賣護身符的神社辦公室前面深深嘆了口氣。

雖然今天不用上班，但新年第一天就窩在家裡也不是辦法。

打算搜索魔王同時尋找回復聖法氣手段的惠美，首先前往有名的能量景點明治神宮。

既然是巨大的神社，當然也聚集了許多人潮。

本來以為這裡會湧出一點這方面的能量，但結果只有一口井而已。

排了那麼久的隊卻毫無收穫，讓惠美累積了更多的疲勞感。

不過在她居住的永福町，還有另一間神社，而且還是建在被稱為「首都之臍」的能量景點上。

用盡最後的氣力去了一趟後，惠美發現那裡雖然是間歷史悠久的神社，但感覺並未蘊含她想找的類似聖法氣的能量。

一天跑了兩個熱門新年參拜景點的惠美，稍微逛了一圈後，就在一群人圍著抽籤的某個角落停下腳步，用力吐了口氣。

「……抽籤啊。」

惠美並不討厭占卜。

在安特．伊蘇拉旅行時，她也曾受過占星術師不少照顧。

當然這種籤和惠美過去體驗過的那些占卜不同，並非以占術為業的人，在有法術和科學根據的情況下所卜出來的卦。

「不過都走了這麼久，完全沒收穫也滿討厭的。」

雖然稱抽籤為收穫也有點微妙，但無論如何，她現在畢竟是在日本。

就算做點符合日本新年習俗的事情也無妨。

惠美從喜歡的角色商品，放鬆熊的錢包裡拿出一百圓，站到籤筒的面前。

「哇。」

「喔。」

「啊。」

三隻不同的手抽到的號碼，都是導向同一支籤。

「我好像是第一次抽到呢！」

佐佐木千穗天真地為這結果感到高興。

「喂，蘆屋！我成功了！我成功了！」

真奧貞夫興高采烈的樣子，吸引了周圍的目光。

「唉，至少感覺還不壞。」

遊佐惠美露出還算滿意的表情，將籤收進皮包。

同樣的一張籤，揭示了過著完全不同生活的三位男女的新年運勢。

大吉

山河春色昇
月光紫雲照
人集相扶先
未見新天晶

願望：會實現　方位：向東為佳
麻煩：無礙　喜事：將持續發生
等待的人：稍晚便會出現
失物：將出現

從相同籤筒抽出來的「大吉」運勢，以及在過年時擦身而過的緣分。

距離這些將兩個不同的世界捲入，開始掀起風波，還要再過一段時間。

要等到今年的春天來臨之後。

作者，後記 ── AND YOU ──

這次的後記有透露一些本書的劇情。

請從後記開始看的讀者小心留意。

如果從電擊文庫的《打工吧！魔王大人》第一集開始算，這本書就是第十二本，不過書名並非「12」，而是「0」。

等這本書抵達各位手中，應該已經是二〇一四年九月十日以後的事情了，當然我也會努力盡快將「第十二集」送到各位手中。

〈打工吧！魔王大人們 ─a long time ago─〉

這個故事開頭的時間點，大約是在比本篇第十一集還要後面一點的地方。不過講述的內容，卻是比目前揭曉的所有故事都還要早的時代，是作為本書第零集象徵的一話。

曾經在第四集登場的他也將跑來這裡，全力扮演一名主要角色。

在寫這個故事時，我意外發現當蘆屋單獨和千穗在一起時，兩人共通的話題就只有真奧而已。

不如說這兩人實在太過相似。他們同樣擅長各種家事、個性誠實、頭腦聰明又優秀，就連每天都滿腦子想幫助真奧這點也一模一樣，所以反倒沒什麼話題可聊。

無論聊什麼都顯得太晚，關於真奧的事情更是不須多言，所以說到最辛苦的地方，就是讓蘆屋和千穗交談了。

希望這些〈打工吧！魔王大人們〉過去沒描寫到的角色、世界以及發展，能讓各位看得開心。

〈打工吧！勇者大人們 —a long time ago—〉

感覺這標題似乎跟某個廣播節目很像。

在寫第一集的時候，關於惠美等人的過去就已經做好非常綿密的設定。

本文中有出現至今從未登場過的城市名稱，希望將來有機會能再度描寫和這座城市有關的

故事。

我想各位重度的魔王大人支持者，一定都有發現這個故事的靈感是來自哪裡。

因為能描寫從初次登場開始就一直扮演反派的奧爾巴仍執行正義的時期，所以對我來說是非常快樂的一篇。

〈惡魔與勇者與高中女生 ——A happy new year——〉

明明姑且算是短篇集，三篇中卻有兩篇是全新創作，在做出這種暴行的這本第零集中，這是唯一曾經刊載過的故事。

在《電擊文庫MAGAZINE》刊載後，這篇故事也以動畫版《打工吧！魔王大人》BD／DVD第二集初回生產限定贈品的廣播劇CD的形式問世。

在這本第零集中，是最接近第一集的故事。

是描述「未來相遇的人們，或許其實曾在意外的地方擦身而過？」的故事。

雖然在這次的故事中，三餐的優先度難得變得非常低，但對生活投注的熱情，卻是一直以來程度最高的一本。

而且隨著過去時間軸的故事繼續擴展，或許將來有機會看見不是「0！」，而是「ZERO!!」的作品也不一定喔。

正因為有與現在連繫的過去，才有辦法邁向未知的世界與現在。本書就是集合了這樣的故事。

期待能有一天，可以再度於現在還看不見的未來後記與各位見面！

（註：以上為日本版的情況。）

Kadokawa Light Novels

艦隊Collection 鶴翼之絆 1 待續

Kadokawa Fantastic Novels

原作、監修：「艦これ」運営鎮守府　作者：內田弘樹　插畫：魔太郎

五航戰，瑞鶴出擊！
在破曉的水平線上刻劃勝利吧！

理應沉沒的航母瑞鶴睜開眼後，發現自己成了被稱為「艦娘」的少女。與姊姊翔鶴重逢，並得知人類之敵——深海棲艦的存在之後，瑞鶴即將面對的是她那殘酷無比的命運——

超人氣網頁遊戲《艦隊Collection》外傳小說，在此起錨！

台灣角川

NT$190

Kadokawa Light Novels

那片大陸上的故事〈上〉、〈下〉

Kadokawa Fantastic Novels

作者：時雨沢惠一　插畫：黑星紅白

少校下落不明的同時艾莉森卻宣布再婚？
時雨沢惠一所獻上的全系列完結篇下集！

下落不明的少校遭懷疑參與麻藥犯罪，但不斷出現的證據卻令人覺得過多。另外，艾莉森被迫離開待了很久的空軍。當莉莉亞感到絕望時……艾莉森卻說「我要再婚了！」，而且對象還是那個應該已經死去的人——「他們的故事」在此結束。

台灣角川

各 NT$190~250/HK$58~75

國家圖書館出版品預行編目(CIP)資料

打工吧!魔王大人0 / 和ヶ原聡司作 ; 李文軒譯. -- 初版. -- 臺北市 : 臺灣角川, 2015.04 面 ;　公分 譯自 : はたらく魔王さま!. 0 ISBN 978-986-366-464-2(平裝) 861.57　　　　　　　　104003099

Kadokawa
Fantastic
Novels

打工吧！魔王大人 0

（原著名：はたらく魔王さま！0）

2015年4月24日 初版第1刷發行

作　　者：和ヶ原聡司
插　　畫：029
日版設計：木村デザイン・ラボ
譯　　者：李文軒

發 行 人：加藤寛之
總 編 輯：蔡佩芬
主　　編：吳欣怡
文字編輯：黎夢萍
資深設計指導：黃珮君
設計指導：許景舜
美術設計：黃永漢
印　　務：李明修（主任）、張加恩、黎宇凡、張則蝶

發 行 所：台灣角川股份有限公司
地　　址：105台北市光復北路11巷44號5樓
電　　話：（02）2747-2433
傳　　真：（02）2747-2558
網　　址：http://www.kadokawa.com.tw
劃撥帳戶：台灣角川股份有限公司
劃撥帳號：19487412
法律顧問：寰瀛法律事務所
製　　版：尚騰印刷事業有限公司
ISBN：978-986-366-464-2
香港代理：香港角川有限公司
地　　址：香港新界葵涌興芳路223號
　　　　　新都會廣場第2座17樓 1701-02A室
電　　話：（852）3653-2888